는 하나도 중요하지 않았다. 박지원은 친구이자 동지로서 박제가를 맞이한 것이다. 권위와 거드름은 다 내려놓고 진심 하나로 박제가를 맞이한 것!

나와 김홍도의 교우는 세 번 바뀌었다. 어릴 적 김홍도는 내 제자였다. 나는 그의 재능을 칭찬하고 그림 그리는 법을 가르쳤다. 그가 장성한 뒤 우리는 같은 관청의 동료로 아침저녁 함께 지냈다. 나중에는 함께 예술계를 노닐었으니, 그는 나를 나보다 더 잘 아는 친구였다. ★강세황, 단원 김홍도, 《표암유고》

김홍도는 '젖니를 갈 때부터' 강세황의 집에 드나들었다고 한다. 그때 강세황의 나이는 마흔 즈음이었고. 강세황의 눈에 김홍도가 어떻게 보였을까? 모든 종류의 그림을 잘 그리는 천재 소년이었다고 해도 그저 귀여운 아이였을 터. 강세황이 어떤 방식으로 김홍도를 가르쳤는지는 기록에 나와 있지 않다. 그저 위의 글로 짐작해 볼 수 있을 뿐. 강세황은 스승이자 어른의 입장으로 김홍도를 대하지 않았다. 아이의 잠재력을 인정하고 미래의 동료로서 김홍도를 대우했다. 물론 이는 강세황을 평하는 다른 글을 보고 내가 유추해 본 것이다. 나는 실제두 사람의 관계도 이와 크게 다르지 않았으리라 여긴다. 내가 파악한 강세황은 그런 사람이었으니까. 내 생각엔 강세황이야말로 진짜 어른이다. 어릴 적 자기가 가르쳤던 사람을 동료이자 친구로 인정하는 어른이 도대체 몇 명이나 될까? 강세황에게 권위와 거드름은 다른 세계의 단어일 뿐이다.

지금 우리에게 이익, 조복양, 이명오, 박지원, 강세황 같은 진짜 어른이 있을까? 고개부터 크게 젓고 싶겠지. 눈에 보이는 어른들은 진짜와는 거리가 멀어도 너무 머니까. 그렇다고 옛날 어른들은 훌륭했는데 하고 혀만 찰 수도 없는 노릇이다. 포기하지는 말자. 어딘가 진짜 어른이 있어 내게 손을 뻗고 가르침을 줄 것이라고 믿어 보기라도 하자. 그런 세상을 만들기 위해 노력이라도 해 보자.

반드시 누군가는
손을 내민다

공자께서는 '겨울이 되어서야 비로소 소나무와 잣나무가 시들지 않는다는 것을 알게 된다'고 하셨다. 소나무와 잣나무는 사시사철 시들지 않는다. 겨울이 되기 전에도 소나무와 잣나무이고, 겨울이 된 후에도 여전히 소나무와 잣나무이다. 공자께서는 겨울이 된 후의 상황을 따로 들어 말씀하신 것이다. 그대가 나를 대하는 것은 이전이라고 더 잘하지도 않았고 이후라고 해서 더 못하지도 않았다. 이전의 그대는 칭찬할 게 없었다. 그러나 이후의 그대는 성인의 칭찬을 받아 마땅하다. ★김정희, 세한도에 쓴 글, 〈세한도〉

좋은 친구는 어려움이 닥쳤을 때 비로소 빛을 발하는 법이다. 〈세한도〉가 그 좋은 예이다. 헐벗은 나무 몇 그루와 초라한 집이 전부인 그림이다. 그런데 사실 〈세한도〉는 그림과 글이 함께 어우러진 작품이다. 그림도 좋지만 글도 참 좋다. 김정희는 《논어》의 문장을 인용해 이상적에게 고마움을 표하고 있다. 유배 전이나 유배 후나 변함없이 대하는 이상적을 칭찬하고 있다. 그런 것치고는 강도가 너무 약하다는 느낌이 들 수도 있겠다. 유배 전에 특별히 잘한 것도 아니고, 유배 후에도 특별히 못한 게 아니라는 밋밋한 표현이 전부이니 말이다. 그러나 세상에 이보다 더한 칭찬은 없으리라고 나는 생각한다.

주위를 한번 보자. 잘나가는 사람에게 잘하는 사람은 정말

로 많다. 한 번이라도 더 얼굴을 내밀어 도장을 찍으려고 애를 쓰고 온갖 호의를 베풀려고 노력을 한다. 잘나가는 사람에게 문제가 생겼을 경우 상황은 싹 바뀐다. 그런 사람은 만난 적도 없다는 듯이 고개 돌리고 입을 싹 씻고 마는 것이다. 김정희가 잘나가던 시절 역관인 이상적은 그리 눈에 띄는 존재는 아니었을 것이다. 하지만 김정희가 나락에 떨어지자 이상적은 단연 돋보이는 존재가 된다. 이상적이 바뀌었기 때문일까? 그렇

지 않았다. 이상적은 늘 이상적이었다. 김정희에게 잘 보이기 위해 노력하지도 않았고 김정희와의 관계를 부인하지도 않았다. 그저 늘 자신의 자리를 지켰던 것이다. 세상이 바뀌어도 자신의 자리를 지킨다는 것, 말처럼 쉽지만은 않은 일이다. 그걸 해낸 사람이 이상적이었고, 그랬기에 김정희 또한 이상적에 어울리는 칭찬의 말을 했던 것이다.

윤지범이 내 유배지로 시를 한 편 보냈다. 시를 받고는 놀라서 혀를 내둘렀다. 수척하고 여린 사람이 이처럼 침착하고 굳셀 줄이야! 10여 년 후, 윤지범은 원주에서 뱃길로 두릉 내 집에 들러 내 가족을 위문했다. 그는 서재에서 내가 유배 중에 지은 시들을 찾아서 길게 소리를 빼며 읽었다. 그 소리가 슬프고도 분해서 듣는 이들을 눈물 흘리게 했다. 1818년 가을, 나는 임금의 은혜를 입어 집으로 돌아왔다. 몇 년 후 윤지범이 내게 들러 사흘을 묵었다. 20년 동안 깊게 맺혔던 마음이 조금 풀렸다. ★정약용, 20년 만에 마음이 풀리다,《여유당전서》

잘나가던 시절 정약용에게는 친구가 많았다. 모두들 내로라하는 이들이었다. 가문 좋고 머리 좋은 이들이었다. 그 시절의 윤지범은 그저 수척하고 여린, 그저 그런 친구에 지나지 않았다. 정약용이 유배를 떠난 후 상황은 바뀌었다. 잘난 친구들은 정약용에게 연락하는 것조차 꺼렸다. 혹시라도 정약용과 한패거리라는 말을 듣게 될까 봐. 그런 시절에 윤지범은 유배지로 시를 써 보냈다. 옛 추억을 담담히 적은 그 시가 정약용의 마음을 흔들었다. 정약용은 윤지범을 달리 보게 되었다. 그렇기는 해도 친구들에게서 받은 정약용의 상처가 다 씻길 정도는 아니었다. 윤지범은 꿋꿋하게 손을 뻗었다. 정약용의 집으로 찾아가 식구들을 위로했고, 정약용이 집으로 돌아온 후에도 잊지 않고 다시 찾아와 며칠의 시간을 함께 보냈다. 20년간 깊게 맺혔던 정약용의 상처가 비로소 치유되는 아름다운 순간!

사람들과의 만남이 없어도 한가롭게 노닐며 세월을 보낼 수 있게 되었다. 산천과 초목과 구름과 안개 덕분에. 이 또한 언어와 문자 밖의 경지일 터. ★조희룡, 친구 없이 노니는 법, 《화구암난묵》

예술계를 주름잡던 조희룡도 유배지에서 느낀 건 쓸쓸함뿐이었다. 조희룡은 산천과 초목과 구름과 안개 덕분에 그 쓸쓸함을 이길 수 있었다고 고백한다. 갑자기 무슨 이야기냐고? 사람만이 손을 내미는 건 아니라는 뜻이다. 산천과 초목과 구름과 안개가 오히려 좋은 친구일 수도 있다는 뜻이다. 쉽지 않은 이야기란 건 나도 안다. 조희룡의 말대로 언어와 문자 밖의 경지겠지. 그래도 나는 조희룡의 경지를 한 번쯤은 떠올려 보았으면 한다. 그저, 먼 훗날을 위해서.

◉ 누가 뭐라든 오직 '나'

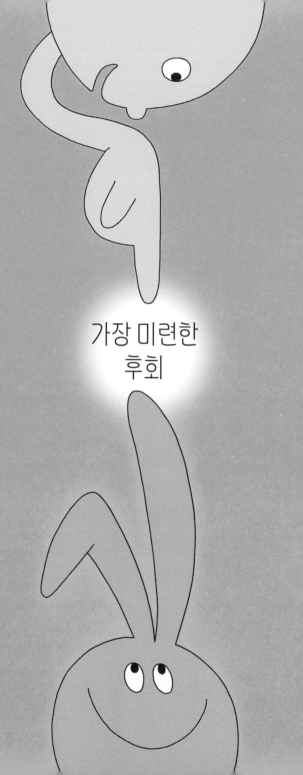

4장

가장 미련한
후회

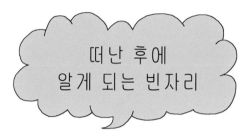

떠난 후에
알게 되는 빈자리

　　누나가 시집가던 날 새벽에 얼굴을 단장하던 모습이 엊그제처럼 선명하게 떠오른다. 그때 나는 여덟 살이었다. 나는 바닥에 드러누워 발버둥을 치다가 새신랑을 흉내 내 약간 더듬거리면서도 점잖은 어투로 말장난을 했다. 누나는 그 말에 몹시 부끄러워했다. 당황한 끝에 내 이마에 빗을 떨어뜨렸다. 화가 난 나는 울음을 터뜨렸다. 분에다 먹을 섞고 침까지 바른 뒤 거울에 묻혔다. 누나는 조그만 오리 모양의 옥 노리개와 별 모양의 금 노리개를 내게 주며 울음을 그치라고 부탁을 했다. 지금으로부터 28년 전의 일이다.　★박지원, 큰누님, 《연암집》

박지원의 글이다. 죽은 누나를 추모하며 28년 전의 일을 담담히 서술했다. 열여섯 살의 나이에 공부하는 선비에게 시집간 박지원의 누나는 마흔세 살에 세상을 떠났다. 내내 가난했고 남편은 벼슬조차 하지 못했다. 곁에서 지켜볼 수밖에 없었던 박지원의 속도 적잖이 타들어 갔을 것이다. 그럼에도 아픔을 감추고 담담하게 써 내려간 글이 우리를 더 가슴 아프게 한다.

내겐 누님이 없다. 할머니와 외할머니는 본 적이 없고, 어머니는 어릴 때 세상을 떠났다. 그랬기에 난 누님을 둔 사람을 상상하며 서글퍼하곤 했다. 지금 박 선생의 글을 읽으니 통곡하고 싶어진다. ★이덕무, '큰누님'을 읽고, 《종북소선》

박지원의 글을 읽고 이덕무가 쓴 글이다. 어머니를 일찍 잃고 겪었을 설움, 그 설움을 속에 깊숙이 감추었다 상상의 누님의 힘을 빌려 잠깐 꺼내 놓은, 그 외롭고 슬픈 마음이 생생하게 느껴진다.

형님이 퇴근하고 돌아오면 나와 아우와 누이는 형님 앞에 빙 둘러 앉았다. 우리는 선인들의 아름다운 행실을 말하는 형님의 말에 귀를 기울였고, 경전과 역사에 대해 들려주신 훌륭한 이야기에 대해 토론을 나누었다. 시간이 나면 시와 노래를 주고받거나 글을 지으며 놀았다. 하루 종일 기쁘고 즐겁던 때였다. 세상에 눈썹 찌푸릴 일이 있는 줄은 그때는 몰랐다. ★홍길주, 우애, 《수여연필》

🖤 가장 미련한 후회

홍길주의 글이다. 형제자매가 방 안에 모여 함께 책을 읽고, 글을 짓고, 이야기를 주고받았던 광경을 서술했다. 화목한 가족 풍경을 읽는 것만으로도 마음이 따뜻해진다.

> 하늘과 땅 사이에 나는 혼자였다. 오직 손암 선생만이 나의 지기가 되어 주었다. 지금 나는 손암 선생을 잃었다. 이제부터 내가 터득하는 것은 도대체 누구에게 말을 해야 할까? 사람에게 지기가 없다면 차라리 죽는 게 낫다. 아내도 나의 지기가 아니고, 아들도 나의 지기가 아니고, 다른 형제와 일가친척도 지기가 아니다. 나를 알아주었던 지기가 죽었으니 어찌 슬프지 않겠는가? ★정약용, 지기를 잃은 슬픔, 《여유당전서》

정약용이 형 정약전을 추모하며 쓴 글이다. 정약용에게 정약전은 단순한 형 그 이상이었다. 형은 스승이었고, 동지였고, 친구였고, 지향점이었다. 형이 죽었다는 건 인생의 등불이 꺼졌다는 것을 의미한다. 그가 느꼈을 비통함이 손끝에 느껴지는 것 같다.

> 제 아이는 이제 네 살입니다. 남을 보고 아버지나 어머니라 부를 나이는 지났지요. 늘 품에 안고 다니며 제 입으로 수십 글자를 가르쳐 준답니다. 어느 날 아이가 이렇게 물었습니다.

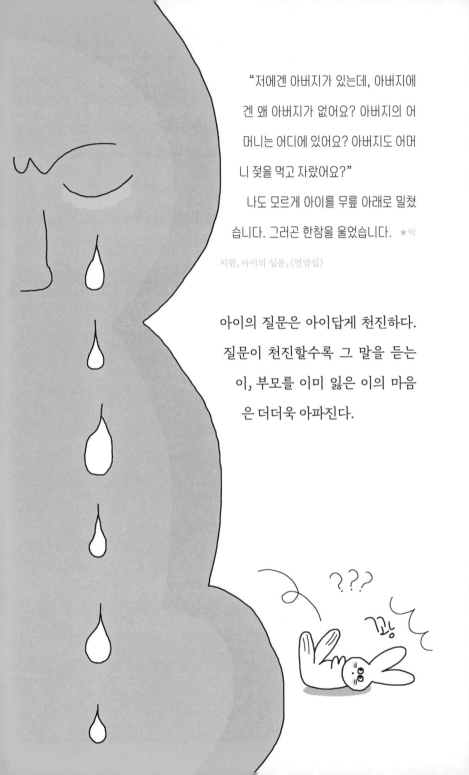

"저에겐 아버지가 있는데, 아버지에
겐 왜 아버지가 없어요? 아버지의 어
머니는 어디에 있어요? 아버지도 어머
니 젖을 먹고 자랐어요?"

나도 모르게 아이를 무릎 아래로 밀쳤
습니다. 그러곤 한참을 울었습니다. ★박

지원, 아이의 질문,《연암집》

아이의 질문은 아이답게 천진하다.
질문이 천진할수록 그 말을 듣는
이, 부모를 이미 잃은 이의 마음
은 더더욱 아파진다.

당신 향한 마음을 이생에서는 잊을 길이 없으니 아무리 해도 서러운 뜻이 끝이 없습니다. 내 마음을 어디에다 두고 자식 데리고 당신 그리며 살려나 싶습니다. 이 편지 보고 내 꿈에 찾아와 자세히 말해 주십시오. 꿈에서나마 이 글 보고 하실 말을 자세히 듣고 싶어 이렇게 적습니다. 자세히 보고 내게 일러 주세요. ★원이 엄마의 편지

원이 엄마가 쓴 글로, 남편 이응태의 무덤에서 발견되었다. 남편 없이 혼자 아이 데리고 살 수 없다며, 그러니 제발 꿈에라도 찾아와 아무 말이라도 해 달라는 사연이 눈물겹다.

이 글들을 읽고 또 읽어도 가족이 뭔지, 가족이 뭐기에 웃고, 울고, 화내고, 그리워하는지 알기는 쉽지 않으리라는 걸 나는 안다. 그러나 답은 의외로 간단한지도 모르겠다. 가족은 가족이니까, 하는 그런 대답 말이지. 나도 그 이상은 아직 모르겠다.

부모의
마음

여러 해 전 이학조를 사귀면서 비로소 그가 효자의 증손이라는 사실을 알게 되었다. 1792년 가을 나는 개성 유수로 부임해 이학조의 큰아버지 이민을 만났다. 그를 통해 아버지가 썼던 '이효자 소전'의 원본을 직접 보게 되었다. 오랜 세월이 흘렀음에도 종이와 먹 자국이 꼭 새것 같아서 감탄이 저절로 나왔다. 이민은 내게 두 통의 편지를 더 보여 주었다. 그중 한 통의 편지엔 이런 내용이 있었다.

"아이가 천연두를 앓고 있어서 걱정이 많습니다."

그건 바로 나를 두고 쓰신 편지였다. 머리는 희게 변했어도 내 얼굴엔 아직도 천연두 흔적이 남아 있다. 부모의 은혜를 생각하니 눈물이 저절로 흐른다. ★이가환, 아버지의 편지, 《금대시문초》

이가환의 아버지는 명문장가로 이름을 떨쳤던 이용휴다. 그

랬기에 이용휴에겐 글을 부탁하는 사람들이 많았다. '이효자 소전'도 그런 글들 중 하나였겠지. 그렇다 보니 아버지 사후 문집을 정리하던 이가환으로서는 그 글에 등장하는 효자의 이름만 알 뿐 그의 후손들이 누구인지, 무엇을 하는 이들인지, 어디에 사는지 하는 것들을 알 길은 없었다. 다행히 이가환은 우연한 경로를 통해 '이효자'의 증손 이학조를 만나게 된다. 그런데 그것은 시작에 불과했다.

얼마 후 개성 유수로 부임해 이학조의 큰아버지 이민을 만난 이가환은 그가 가져온 자기 아버지의 편지를 보곤 놀라운 진실에 접한다. 이가환은 어린 시절 천연두를 앓은 적이 있었는데 아버지가 그 일로 몹시 염려하고 있었음을 알게 된 것이다. 아마도 이용휴는 그 사실을 이가환에게 말한 적은 없을 테지. 말한 적이 없었다기보다는 이가환의 천연두가 얼마 후 다 나았기에 이용휴 본인도 그런 편지를 보낸 적이 있는지 없는지 기억조차 하지 못했을 것이다. 그랬기에 이가환의 놀라움은 더욱 컸다. 늘 근엄하게만 보였던 아버지에게 그런 따뜻한 구석이 있었을 줄은 꿈에도 몰랐으니까.

전에 너에게 낡은 붓 한 자루와 소나무 그을음으로 만든 먹 반쪽을 보내준 적이 있다. 거의 못 쓰게 된 물건들이지. 네가 글을 잘 쓰기를 바라서 보낸 건 아니라는 사실을 알아다오. 그것들은 내가 1년 동안 지니고 있었던 물건들이다. 내가 바라는 건 네가 그 물건들을 나를 보듯이 봐 달라는 것이다. 시를 지을 때 사용해도 좋겠구나. 그 붓과 먹으로 글씨를 써서 내게 보내다오. 네가 그것들을 가지고 손을 움직여 글씨 쓰는 모습을 상상할 수 있도록. ★이학규, 낡은 붓과 먹,《낙하생집》

이용휴의 외손자이자 이가환의 조카인 이학규는 정치적 격변에 휘말려 무려 24년 동안을 김해의 유배지에서 보냈다. 그가 쓴 대로 '어린아이였던 아들이 어른이 되어 혼례를 치르고 다시 아들을 낳았을 정도로' 긴 세월이었다. 편지는 다정하면서도 안타깝지. 이학규는 아들에게 자신이 쓰던 낡은 붓과 먹을 보낸다. 그러면서 아들에게 그 붓과 먹으로 글씨를 써서 자신에게 보내 달라고 부탁한다. 자신은 그 편지를 보며 아들이 글씨 쓰는 모습을 상상하겠다고 한다. 직접 볼 수 없는 아들의 모습을 글씨를 통해서라도 보겠다고 한다. 이 편지에서 아버지의 절절한 마음을 읽을 수 있다면 이제 너도 다 자란 거겠지.

강진에서 유배 생활을 하는 내게 병든 아내가 낡은 치마 다섯 폭을 보냈다. 아내가 시집올 때 입었던 혼례복이었다. 붉은색은 이미 사라졌고 노란색도 희미해서 책으로 만들기에 적당했다. 크기에 맞춰 잘라서 작은 책을

⚜가장 미련한 후회

만들었다. 두 아들에게 줄 훈계의 말도 썼다. 훗날 아이들이 이 글을 보면 감회가 새로우리라. 부모의 꽃다운 자취를 어루만지면 가슴이 제법 뭉클해지리라. 하피첩이라는 이름을 붙였다. 붉은 치마를 점잖게 표현한 것이다.

★정약용, 하피첩에 얽힌 사연, 《여유당전서》

정약용은 아내가 보내 준 혼례복으로 두 아들에게 줄 책을 만들었다. 이때 정약용의 나이는 마흔아홉이었다. 어두침침한 눈으로 혼례복을 잘라 책을 만드는 정약용의 모습이 눈에 선하다. 정약용이 그러한 수고를 감수한 까닭은 두 아들에게 부모의 자취를 선물로 주기 위함이다. 부모가 죽더라도 그 책을 보며 부모를 기억할 수 있도록 만들기 위함이다. 대학자로 유명한 정약용이지만 그에게는 이러한 다정다감함도 있었다.

내 나이 예닐곱 살 즈음의 일이다. 여러 누이들과 함께 책에다 먹으로 장난을 치며 놀았다. 어머니가 책을 빼앗더니 이렇게 말했다.

"이건 내가 베껴 써서 만든 책이란다. 이야기야 황당하고 유치하지만 네 외삼촌의 글씨 또한 있으니 함부로 해서는 안 되느니라."

나와 누이들은 그저 혼쭐이 나지 않은 것만을 다행으로 여겼다. 그 말이 슬픈 말이라는 사실도, 그 책이 귀하다는 사실도 그때는 알지 못했다. ★권진응, 어머니 글씨가 남은 책, 《산수헌유고》

모든 일에는 때가 있는 법이다. 권진응은 어머니가 돌아가신 후에야 어릴 적 자신과 누이들이 함부로 낙서했던 그 책을 다시 보게 된다. 그 옛날 어머니가 하셨던 말씀, 그 책을 소중히 여기라는 말씀을 그제야 이해하게 된다. 어머니 글씨가 있는 책 한 권이 뭐 그리 소중하냐고? 조선 시대 여성이 자신의 글씨를 자식에게 남기기는 쉽지 않았다. 대부분의 여성은 남편을 시중들고 자식을 키우는 일에만 열중했다. 허난설헌, 신사임당은 드문 예외였다. 그랬기에 권진응의 어머니에게는 자신의 필체가 남아 있는, 그 내용도 변변치 않은 책이 소중했던 것이다. 자신이 죽은 후 아들인 권진응이 그 책을 보며 자신을 기억하기를 바랐던 것이다. 정작 어머니는 권진응에게 단 한 번도 그렇게 말한 적이 없었다. 그게 바로 어머니의 마음이다.

세상일 가운데 가장 신기하고 놀랍고 특별한 건 아이가 태어나는 일일 터. 세상 사람들의 생각은 나와는 좀 다르다. 누구나 아이를 낳기에 그저 그런 일로만 여긴다. 그렇지만 아이가 태어난다는 것은 결코 똑같은 사건이 아니다. 그 어떤 훌륭한 작가가 쓴 이야기도 아이의 탄생만큼 신기하고 놀랍고 특별하지는 않다. ★유만주, 세상에서 가장 놀라운 사건, 《흠영》

유만주의 글이다. 앞서 인용한 다른 글들도 좋지만 나는 이 글이 가장 좋다. 부모에게 가장 신기하고 놀랍고 특별한 건 바로 아이가 태어나는 일이다. 아이가 잘났건 못났건 첫째이건 둘째이건 셋째이건 남자건 여자건 하는 건 중요하지 않다. 내 아이가 태어났다는 그 사건만이 중요하다. 그게 바로 부모의 마음이다. 그저, 그렇다는 것이다.

자식의
마음

나는 다섯 살 때 아버지를 여의고 외가에서 컸다. 관례를 치른 후 아버지의 친구를 찾아 인사를 드렸더니 이렇게 말씀하셨다.

"잘생겼다. 아버지를 쏙 빼닮았구나."

나는 눈물 흘리면서 집으로 돌아와 아버지께서 지은 책과 베껴 쓴 책을 찾아냈다. 엎드려 읽으면서 울었다. 어머니께서 보시고 말씀하셨다.

"네 아버지는 《주역》을 좋아하셨다. 수없이 읽고 베끼셨으며 새벽에 닭이 울 때까지 붙들고 계셨다. 지금 그 책이 있더냐?"

나는 울면서 없다고 답했다. 어머니는 아버지께서 돌아가신 후 이곳저곳을 떠돌아다니느라 책을 많이 잃어버렸다고 말씀하시며 탄식하셨다. 비록 가난한 집에 태어났지만 나는 발분해서 공부를 했다. 글을 지었다. 주위에서 나를 칭찬하는 사람들이 생겼다 ★유득공, 아버지를 닮은 나, 《영재집》

가장 미련한 후회

이덕무와 박제가의 좋은 친구였던 유득공은 다섯 살에 아버지를 잃었다. 그에게 과연 아버지의 기억이 남아 있었을까? 거의 없었을 것이다. 그랬기에 아버지 친구의 말, 아버지를 쏙 빼닮았다는 그 흔한 말에 눈물을 한 바가지 흘렸겠지. 그러나 유득공은 슬퍼하는 것으로 끝내지 않았다. 아버지가 《주역》을 열심히 공부했다는 말을 어머니로부터 들은 후, 발분해서 공부를 했다. 발분은 분발했다는 뜻이다. 억울하고 화가 났지만 마음을 다잡고 열심히 몰두했다는 뜻이다. 서얼인 유득공이 훗날 규장각 검서관의 자리까지 오른 데에는 남모르는 분발심이 큰 역할을 했다. 아버지의 뜻을 잇겠다는, 아버지 잃은 서러움을 공부로 풀겠다는 독한 마음이 그를 검서관의 자리로 이끌었다.

임노가 말했다.
"바다에 뜬 달은 원래는 처량하고 슬픈 물건은 아니지. 그런데 북쪽 먼 곳에서 바다에 뜬 달을 보면 마음이 몹시 아파. 기러기 우는 소리가 들려오면 마음이 아예 찢어지는 것 같지. '기러기 혼자만 고향으로 돌아간다' 하는 시의 구절을 읽었을 때처럼." ★유만주, 바다에 뜬 달,《흠영》

임노는 유만주의 좋은 친구였다. 임노가 한 말의 의미를 정확히 이해하기 위해서는 배경 지식이 필요하다. 임노의 아버지는 함경도 단천으로 유배를 갔다가 그곳에서 세상을 떠났다. 임노는 아버지의 유해를 모셔 오기 위해 단천으로 가야만 했다. 그래서 북쪽 먼 곳, 바다에 뜬 달이라는 표현이 나왔다. 그 달이 처량하고 슬프다는 표현이 나왔다. 임노는 아버지를 잃은 그 외롭고 슬픈 순간에 달을 보았던 것!

'기러기 혼자만 고향으로 돌아간다'라는 구절이 왜 마음을 찢어 놓는지 이제 이해할 수 있을 것이다. 깊은 슬픔을 담담한 어투로 털어놓는 임노의 모습에서 우리는 그가 부모의 사랑을 받으며 반듯하게 자란 사람임을 알 수 있다. 그래서 이 글이 더 마음 아픈 것이고.

> 죽음을 눈앞에 둔 금각은 스스로 글을 지어 제사를 지냈다.
> "아버지, 어머니! 나를 위해 곡을 하지 마십시오. 아, 정말로 비통합니다!" ★허균, 곡을 하지 마세요, 《성소부부고》

금각은 허균이 젊은 시절 사귀었던 친구였다. 그런데 금각은 불과 18세의 나이에 병에 걸려 세상을 떠났다. 금각은 어떤 사람이었나? 꼭 스승 같은 친구였다. 학문은 깊고 뜻은 원대했다. 병이 깊어진 후에도 손에서 책을 놓지 않을 만큼 집념도

가장 미련한 후회

강한 사람이었다. 그러나 금각에 대해 잘 알지 못하는 우리 눈에는 죽기 전에 스스로 썼다는 그 글에 먼저 눈이 간다. 금각의 글은 모순적이다. 앞부분에서 그는 부모에게 자신을 위해 곡을 하지 말라고 썼다. 지나친 슬픔으로 마음과 몸을 해칠까 봐 염려했기 때문이다. 뒷부분에서 그는 너무도 비통하다고 썼다. 담담하게 죽음을 받아들이고 싶은데, 부모가 너무 슬퍼하지 않았으면 좋겠는데, 억울한 마음만큼은 도무지 감출 길이 없었던 것! 모순된 마음이 적나라하게 드러나 있어 이 글은 더욱 슬프다.

금각은 살아 있을 때 부모 속을 한 번도 썩이지 않던 이였겠지. 아픔도 내색하지 않았던 이였겠지. 죽을 때까지도 부모를 먼저 염려하는 따뜻한 마음을 지닌 이였겠지. 그런 그도 세상에 절규 한 마디 내뱉지 않고는 견딜 수가 없었을 것이다. 자식 된 이의 마음이 이토록 솔직하고 아프게 드러난 글을 나는 다른 데에서는 본 적이 없다.

천지가 생긴 지 오래인데 내가 한 번 세상에 태어났으니 이는 대단한 행운이다. 만물 가운데 사람으로 태어났으니 이 또한 대단한 행운이다. 이 두 가지 행운을 가지고 부모에게 태어났다. 그러니 이보다 더 큰 은혜는 없다. 부모에게서 태어나 이 몸을 이루었으니 이보다 더 귀한 존재는 없다. 큰 은혜를 받고 귀한 몸을 이루어 태어날 날에 맞춰 태어나게 되었으니 어찌 이 날이 기쁘고 즐겁지 않겠는가? 생일잔치를 하는 것은 바로 그 기쁨을 기념하기 위함이다. ★위백규, 생일잔치,《존재집》

유학자 위백규의 글은 참 쉽다. 이해하기 어려운 구석이 전혀 없다. 부모가 죽은 뒤의 발분함과 애틋한 감정 표현도 좋지만 우선은 살아 계신 부모에게 잘하고 볼 일이다. 그러기 가장 좋은 날은 바로 생일날이고.

우리는 보통 생일날 다른 이들에게서 선물을 받는다. 그것은 조금 우스운 일이기도 하다. 우리가 힘써서 무엇을 한 것도 아닌데 축하를 받기 때문이다. 축하를 받아야 할 사람이 누구인지 한번쯤 고민해 보는 것도 나쁘지 않겠다. 위백규처럼 생각하지 않아도 좋으니, 요란하게 티를 내지 않아도 좋으니 그저 한번쯤 고민해 보는 것도 뭐, 나쁘지는 않겠다.

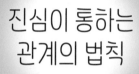

5장

진심이 통하는
관계의 법칙

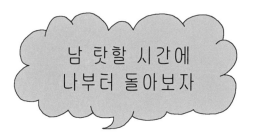

남 탓할 시간에
나부터 돌아보자

자네가 똑똑하고 꾀바르다고 해서 남들에게 잘난 체하거나 생명이 있는
존재를 무시해서는 안 되네. 남들에게 약간의 지혜와 꾀가 있다면 스스로
부끄러워하겠지. 그렇지 않다면 깔보거나 무시하는 게 전혀 의미가 없을
테고. 우리가 뭐 대단한 사람들은 아니라네. 냄새나는 가죽 주머니에 남
들보다 문자 몇 개 더 지니고 있을 뿐이지. 나무 위의 매미 소리, 땅속의 지
렁이 울음소리가 시를 읊고 책을 읽는 소리가 아니라고 장담할 수 있을까?

★박지원, 지렁이 책 읽는 소리,《연암집》

박지원이 초책에게 보낸 편지다. 초책은 박제가로 짐작되나
확실치는 않다. 초책은 영리하고 머리 회전이 빠른 사람이었
던 모양이다. 그랬기에 남들 앞에서 대놓고 잘난 체를 하거나
만물 중 사람이 가장 똑똑한 존재라고 떠들고 다녔겠지. (분명

누가 뭐라든
나는 남들과 달라

히 박제가의 냄새가 나긴 난다!)

그래도 의리는 있어서 박지원 또한 자신과 같은 과라고 말하고 다녔으니 그나마 다행이다.

박지원은 그러지 말라고 충고한다. 그가 내세우는 논리는 명쾌하다. 남들에게 약간이나마 머리가 있다면? 스스로 부끄러워할 것이니 이러니저러니 말할 필요가 없다. 아예 생각이 없다면? 아무리 말해도 말귀를 못 알아들을 테니 역시 말할 필요가 없다. 결론은 그 어떤 경우라도 남들에게 잘난 체하거나 충고할 필요는 없다는 뜻이다.

박지원은 이왕 말을 꺼낸 김에 생명이 있는 다른 존재 또한 무시해서는 안 된다고 충고한다. 우리에겐 그저 소음이나 울음(옛사람들은 지렁이가 운다고 여겼다! 참 이상도 하지?)으로만 들리는 그 소리가 실은 시 읊고 책 읽는 소리가 아니라고 어떻게 장담할 수 있느냐는 것이다.

인간과 평화롭게
통하는 법은

박지원의 편지는 간단히 요약하면 잘난 체하지 말라는 뜻이다. 조금 심하게 말하면 실제의 너는 네가 욕하는 생물이

나 남들보다 잘난 게 하나도 없다는 뜻이다. 그러니 남 욕할 시간에 너부터 돌아보라는 뜻이다.

남이 취하고 주정하는 건 용서해도 자기 자신이 취하고 주정하는 건 절대 용서해서는 안 된다. 《논어》의 말이 제격이다. "자신은 무겁게 책망하고 남은 가볍게 책망하는 법이다." ★이덕무, 자신에겐 무겁게 남에겐 가볍게, 《청장관전서》

이덕무의 글이다. 박지원의 글이 자세히 읽지 않으면 뭔 소리를 하는 건지, 욕인지 칭찬인지, 밥인지 똥인지 알쏭달쏭했던 반면 이덕무의 글은 명쾌하고 단도직입적이다. 단순명쾌해서 오히려 가슴에 와 닿는다. 대다수의 사람들이 말만 앞세울 뿐 실천은 하지 못하는 일이기 때문이다.

옛사람 중 굳세고 용기 있기로 치면 주희 선생을 따라갈 이가 없소. 주희 선생이 어땠는지 아시오? 자기 의견에 잘못된 사실이 있다는 것을 발견하거나 자기 학설에 타당치 않은 부분이 있다는 걸 깨달으면, 기꺼이 상대방의 지적을 듣고 그 잘못을 즉시 고쳤지. … 자기주장만 강하게 펴는 건 진정한 용기가 아니라네. 자기의 허물 고치기에 인색하지 않고 남의 옳은 말을 들으면 곧바로 따르는 것, 그게 바로 진정한 용기일세. ★이황, 진정한 용기, 《퇴계집》

이황이 기대승에게 쓴 편지다. 아마도 기대승은 좀처럼 자신의 뜻을 굽히지 않은 인물이었던 것 같다. 그래서 이황은 유학자들이 두려워하는 최강의 이름 주희를 인용했다. 주희가 누구인가? 성리학을 만들었다고 해도 과언이 아닌 사람이다. 이름만으로 상대를 주눅 들게 만드는 사람이다. 그런 주희 또한 자기 잘못을 느끼거나 지적을 받으면 곧바로 고치거나 수용을 했다는 것이다. 남에게는 관대하고 자신에게는 엄격했던 사람, 이황의 말에 따르면 진정한 용기를 지닌 사람이었기에 가능한 일이었다.

친구들이 가끔은 너를 무서워한다면? 너의 말이 다 옳은데도 잘 안 들으려고 한다면? 친구들 편을 들 생각은 없다. 그렇지만 이렇게도 말하고 싶다. 아마도 거기엔 이유가 있을 거라고! 나는 네가 주희 같은 사람이기를 바란다. 남들에게 목소리를 높이기보다는 자기 자신부터 돌아보는 용기 있는 사람이 되기를 바란다.

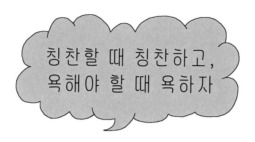

칭찬할 때 칭찬하고,
욕해야 할 때 욕하자

내게 덕이 있다면 남들이 알아주지 않는다 해도 무슨 손해가 되겠어요? 내게 덕이 없다면 헛된 명예를 얻은들 무슨 이익이 되겠어요? 남들이 옥더러 돌이라고 부른들 옥에게는 손해가 없습니다. 남들이 돌더러 옥이라고 부른들 돌에게 이익이 없는 것과 같은 이치랍니다. 그러니 당신은 덕을 갖추는 데 힘을 쓰세요. 하늘에 부끄럽지 않고 땅에 부끄럽지 않게 행동하세요. 남들이 알아주고 몰라주는 문제로 머리 싸매고 고민하지 말고요. ★강정일당, 남편에게, 《정일당유고》

강정일당이 남편인 윤광연에게 쓴 편지다. 강정일당은 여성 성리학자로 이름을 얻었던 임윤지당을 닮기 위해 평생 노력했던 사람이었다. 임윤지당의 이름이 낯설 테니 어떤 이였는지 잠깐 소개해야 할 것 같다. 임윤지당은 조선 여인으로서는 드물게 성리학을 공부한 사람이었다. 평생 공부하고 얻은 결론은 이랬다.

"비록 나는 여자로 태어났지만 하늘로부터 부여받은 본성은 남자와 여자가 다를 게 없다."

지금 보자면 하나 마나 한 당연한 소리이지만 당시로서는 혁명적인 생각이었다. 그렇다면 강정일당이 임윤지당을 닮기 원했다는 게 무슨 의미인지도 짐작이 갈 것이다. (물론 두 사람은 조선 사회를 지배하는 이념이었던 남녀 차별을 극복하지는 못했다. 그러나 생각은 언젠가는 행동으로 바뀌는 법이다. 그렇기에 둘의 생각은 그 나름대로 꽤 의미가 있다고 나는 본다.)

윤광연은 강정일당을 통해 공부할 힘을 얻었다. 그러나 생계를 위해 서당 선생의 일까지 함께해야 했던 탓에 성취는 보잘것없었고, 그에 따라 자괴감도 늘어만 갔다. 아마도 윤광연은 아내에게 그러한 상황에 대해 곧잘 푸념을 했던 모양이다. 일반적인 아내라면 남편을 위로해 주고 끝냈겠지. 강정일당은 달랐다. 그런 일에 신경 쓰지 말고 공부나 제대로 하라는 것이 남편의 푸념에 대한 강정일당의 답변이었으니까.

강정일당의 답변이 '자신에게 엄격하고 타인에게 관대하라'는 앞서의 원칙에 어긋나는 건 아닌지 궁금해할지도 모르겠다. 앞서의 원칙이 남의 잘못을 지적하지 말라는 건 절대 아니

진심이 통하는 관계의 법칙

라는 것부터 알아야 한다. 나중에 더 말하겠지만 잘못을 보고
도 눈감는 것은 올바르지 않다. 잘못은 반드시 지적해 주어야
한다. 그렇다고는 해도 조심해야 한다. 무턱대고 잘못을 지적
했다간 역효과를 부를 가능성이 매우 크니까. 잘못을 지적했
다가 원수가 되는 일도 가끔 일어나니까. 그러면 어떻게 해야
할까?

남이 내게 글을 봐 달라고 부탁을 한다면? 여러 번 자세히 읽은 후 좋은
점과 나쁜 점을 말해 주어야 한다. 이때 못마땅한 표정을 드러내거나 비웃
는 태도를 절대 취해서는 안 된다. 자신이 가벼운 사람임을 드러내는 것이
나 마찬가지다. 속 좁은 사람을 만나면 한바탕 곤욕을 치르게 된다. ★이덕
무, 부탁에 대처하는 법,《청장관전서》

이덕무는 잘못을 지적할 때의 태도가 무척 중요하다고 우리
에게 알려 준다. 상대방을 업신여기거나 가르치려는 태도로
잘못을 지적하면 절대 안 된다는 것이다. 공명정대하게, 장점
과 단점을 빼놓지 않고 지적해야 한다는 것이다.

성현도 장부이고 당신도 장부입니다. 뭐가 두려워서 행하지 않으시겠습
니까? 부디 날로 덕을 새롭게 하세요. 반드시 성현이 되겠다고 다짐을 하

세요. ★강정일당, 남편에게, 《정일당유고》

강정일당의 또 다른 편지다. 이 편지는 이덕무의 방법론을 충실히 따랐음을 알 수 있다. 그렇다. 강정일당은 요령 없이 남편을 일방적으로 몰아붙이지 않았다. 성현이 될 날이 머지않았으니 그저 조금만 더 노력하라는 것이다. 부인에게 이런 말을 듣고도 노력하지 않는다면 그건 남편이 아니겠지.

오해할까 싶어 사족 한마디! 요령 있게 잘못을 지적하라는 것이지 상대의 눈치를 살피라는 뜻은 아니다. 겉으론 부드러워도 속으론 반드시 상대의 잘못을 고치리라는 굳은 마음을 먹어야만 한다. 내 속에 분명한 기준이 있어야 한다는 뜻이다. 이덕무의 글을 읽으면 무슨 말인지 더 이해가 잘될 것이다.

칭찬할 때 칭찬하지 않으면 인색하다. 욕해야 할 때 욕하지 않으면 나약하다. ★이덕무, 칭찬과 욕, 《청장관전서》

진심이 통하는 관계의 법칙

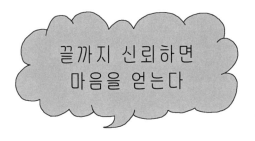

끝까지 신뢰하면
마음을 얻는다

예전에 조식이 경상도 합천으로 돌아오다가 보은에 사는 성운에게 들른 적이 있다. 고을 수령으로 있던 성제원도 함께했다. 둘은 초면이었다. 조식이 농담 삼아 말했다.

"수령 벼슬을 참 오래도 하십니다."

성제원은 성운을 가리키며 웃었다.

"이 사람한테 붙잡히는 바람에 그렇게 되었습니다. 그러나 금년 팔월 보름에는 해인사에서 달구경이나 하렵니다. 혹시 오실 수 있겠습니까?"

조식은 그 자리에서 수락을 했다. 드디어 약속한 날이 되었다. 조식이 소를 타고 가는데 도중에 큰비가 내렸다. 간신히 시내를 건너 절 문에 들어섰다. 그런데 이미 누각에 올라 도롱이를 벗는 사람이 있었다. 그렇다. 바로 성제원이었다. ★박지원, 이상한 약속, 《연암집》

조식과 성제원은 보은에서 만나기 전까지 얼굴 한 번 본 적이 없는 사람들이었다. (한 시대를 대표하는 명사들이었으니 서로의 이름은 들어 봤겠지만.) 둘은 처음 만난 자리에서 서로의 마음을 확인하곤 곧바로 다음 약속을 한다. 내일이나 모레가 아닌 꽤 먼 날짜로. 술자리에서 즉흥적으로 이루어진 약속이었다. 그런 유의 약속이 흔히 그렇듯 실현 가능성이 별로 없어 보이는 약속이기도 했다. 안 지켜도 뭐라고 할 사람은 없었다는 뜻이다. 약속 당일에 하필 큰비가 내렸다. 둘의 만남을 방해하기라도 하려는 것처럼, 혹은 둘을 시험하려는 것처럼. 그러나 비는 문제도 안 되었다. 둘은 약속을 지켰다. 그 약속에 목숨이라도 걸린 사람들처럼.

《열자》에 이런 글이 있다.

"바닷가에 사는 사람이 갈매기를 손바닥에 올리고 함께 놀곤 했다. 어느 날 다른 마음을 먹었다. 그러자 갈매기가 더 이상 내려와 앉지 않았다."

어떤 생각이 마음에 조금 싹이 트게 되면 그것이 꼭 겉으로 드러나지는 않더라도 서로 의심하고 방어하게 되는 법이다. ★장유, 마음을 아는 갈매기, 《계곡집》

진심이 통하는 관계의 법칙

신흠 등과 더불어 조선 중기를 대표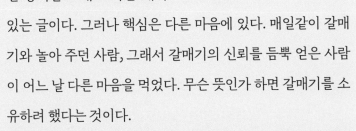
하는 문장가로 손꼽히는 장유의
글이다. 갈매기의 신통방통
한 능력을 소재로 하는 재미
있는 글이다. 그러나 핵심은 다른 마음에 있다. 매일같이 갈매
기와 놀아 주던 사람, 그래서 갈매기의 신뢰를 듬뿍 얻은 사람
이 어느 날 다른 마음을 먹었다. 무슨 뜻인가 하면 갈매기를 소
유하려 했다는 것이다.

신기한 건 갈매기의 행동이다. 바닷가 사람이 다른 마음을
먹자마자 갈매기는 더 이상 그 사람의 손바닥에 내려와 앉지
않았다. 갈매기가 무슨 방법으로 바닷가 사람의 속내를 알았
는지 따질 생각은 없다. 여기서 중요한 건 그게 아니기 때문이
다. 중요한 건 둘 중 하나가 다른 마음을 먹었다는 것이고, 그
런 마음은 어떤 경로를 통해서든 드러나게 되어 있다는 점이
다. 한 번쯤은 그런 마음을 먹을 수도 있는 거 아냐, 하고 생각
할 수 있겠지. 그러나 그 한 번이 때로는 모든 것이라는 사실을
기억해야 한다. 그 사소한 한 번이 사람과 사람 간의 신뢰를 완
전히 허물어트린다는 것을!

이 이야기의 교훈? 간단하다. 늘 한결같은 마음으로 사람을
믿어야 한다. 시류에 편승하여, 혹은 제삼자의 감언이설에 현

혹되어 믿음이 흔들리지 않도록 자신을 철저하게 단속해야 한다. 너무 어려운 거 아니냐고? 그래, 맞다. 어렵다. 무척 어렵다. 그랬기에 똑똑하고 행실 바른 남자 이덕무가 다음과 같은 글을 우리에게 남긴 것이고.

사람이면 누구나 남이 자기를 떠받들어 주는 걸 좋아한다. 처음 사귈 때 별문제가 없는 건 그때는 대부분 상대를 떠받들어 주기 때문이다. 만남이 오래되면 좀 달라진다. 상대의 잘못을 보면 참지 못하고 지적을 하게 되는데 바로 이런 때 사이가 멀어진다. 그러므로 군자는 항상 겸손해야 하고 끝까지 삼갈 줄을 알아야 한다. 그래서 《시경》에 다들 시작은 잘해도 유종의 미를 아는 이는 아주 적다는 글이 적혀 있는 것이다. ★이덕무, 유종의 미, 《청장관전서》

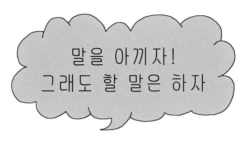

말을 아끼자!
그래도 할 말은 하자

사람들은 자기 자신을 스스로 가볍게 여기고 함부로 다룬다. 입에서 나오는 대로 마구 남의 칭찬이나 비방을 하는가 하면, 손길 가는 대로 마구 남을 폄하거나 칭찬하는 글을 쓴다. 자기 하나 때문에 다른 사람이 영예를 누리거나 치욕을 얻으리라는 것, 이익을 얻기도 하고 손해를 보기도 하리라는 것은 생각도 하지 않는다. ★정약용, 퇴계에게 배운다, 《여유당전서》

정약용이 《퇴계집》의 편지를 읽고 느낀 바를 쓴 글이다. 이 글을 썼을 당시 정약용의 처지를 좀 언급해야겠다. 정약용의 심기는 편치 않았다. 우부승지로 있다 찰방으로 좌천을 당했기 때문이다. 우부승지는 정3품 관직인데 지금으로 치면 청와대 비서실 최고위 관료다. 찰방은 종7품 관직인데 지금으로 치면 지방의 역장이다. 망했다는 표현이 하나도 이상하지 않은 상황이었던 것! 그래서 억울하고 화가 났다. 소리 지르고 싶었다. 다 엎어 버리고 싶었다.

다행히 정약용은 자제할 줄 알았다. 정약용은 아침에 일어나면 세수를 마치고 똑바로 앉아 《퇴계집》의 편지를 읽으며 자기 자신을 돌아보는 길을 택했다. 이황은 이황이었다. 한 줄, 한 줄이 정약용의 마음을 콕콕 찔러 왔다. 마치 정약용을 보고 쓴 것처럼. 그중에는 말과 글에 관한 것도 있었다. 인용한 글은 이황이 당시 재상이었던 이준경에게 보낸 충고의 편지를 읽고 그 느낌을 쓴 것이다. 대부분의 사람들은 그저 입에서 나오는 대로 말하고 손이 가는 대로 쓴다. 딱히 나쁜 의도가 있어서는 아니다. 그저 사람 됨됨이가 가벼워서 그런 것일 뿐이다. 그런 행동이 다른 이를 힘들게 할 수도 있다는 건 생각지도 못한다.

정약용은 깨달음을 얻었을까? 그렇다. 뼈아프긴 하지만 이황이 말하는 대부분의 경박한 사람들에 자기 자신도 포함된다는 것을 인정하지 않을 수 없었다. 자신의 명석함만 믿고 무조건 돌진했던 시절, 무조건 말을 내뱉었던 시절에 대해 반성을 했겠지. 좌천당한 이유가 어찌 되었건 간에 그 이유의 일부는 결국 남이 아닌 자기 자신이 제공한 것임을 마음 깊은 곳에서 받아들였겠지.

마음속에 간직한 바가 깊으면 굳이 입으로 말할 필요는 없겠지. 기어이 말을 해서 자기의 마음을 여기저기 흘린 사람일수록 그 마음은 오히려 지극하지 못한 법이니까. 그러므로 하늘처럼 큰 은혜에 대해 "반드시 갚겠습니다"라고 말하는 것은 옳지 않다. 바다처럼 깊은 정에 대해 "당신을 결코 잊을 수 없습니다"라고 말하는 것은 옳지 않다. 그렇게 말하지는 않더라도 마음속에 굳게 간직한 것이 실은 더 견고한 법이니까. 부모 자식 사이에 '은혜' 운운하는 게 달갑지 않은 까닭이고, 부부 사이에 '사랑' 운운하는 게 거북한 까닭이다. ★이익, 말을 아껴라, 《성호사설》

이익은 정약용보다 한술 더 떠서 되도록 말을 아끼라고 한다. 정약용도 크게 공감했겠지. 정약용이 이황 못지않게 존경하던 사람이 바로 이익이었으니까. 나 또한 이 글에 고개 끄덕일 수밖에 없다. 이 글을 읽자마자 떠오르는 사자성어가 있다. 바로 '교언영색'이지. "교묘한 말과 아첨하는 얼굴을 지닌 사람 중에는 착한 이가 별로 없다"는 《논어》의 구절에서 나온 말이다.

과도하게 말을 많이 늘어놓거나 지나치게 비굴하게 행동을 하는 건 뭔가 다른 뜻이 있기 때문이다. 겉으로 드러난 말과 행동이 속마음과 일치하지 않기 때문에 자꾸 과도한 짓을 하는 것이다. 이런 사람은 경계해야 한다. 겉으론 웃어도 언제든 상대를 해칠 수 있는 사람이니까. 아니, 더 중요한 게 있다. 네가 바로 그런 사람이 되지 않도록 늘 스스로를 돌아봐야 한다! 차라리 아무 말도 안 하는 게 최고라고 생각할지 모르겠다. 그렇지 않다. 이익의 이 글이 아예 어떤 말로도 마음을 표현하지 말라는 뜻이 아님은 알아야 한다. 뜻은 표현하되, 과하거나 겉치레로 표현해서는 안 된다는 의미이다.

귓속말은 듣지 말아야 합니다. 남에겐 절대 말하면 안 된다고 당부하며 할 말이면 처음부터 하지도 마십시오. 남이 알까 봐 걱정하면서 말을 하고 듣는 건 도대체 뭡니까? 이미 말을 꺼내 놓고 말하지 말라고 당부하는 건 결국 듣는 사람을 의심하는 겁니다. 사람을 의심하면서 말을 하니 참으로 어리석은 짓이지요. ★박지원, 귓속말,《연암집》

박지원이 중옥이란 이에게 보낸 편지다. 이런 상황, 우리에게 꽤 익숙하다. 너한테만 하는 말인데, 하는 소리를 우리는 무척 자주 듣는다. 가끔은 우리도 다른 사람들에게 그런 식으로 말을 한다. 우리는 그러한 전제하에 듣거나 들려준 이야기가 어떻게 되는지 잘 알고 있다. 며칠 지나지 않아 거의 모든 사람들이 다 알게 되는 것이다. 그다음의 전개? 하나밖에 없다. 서로를 의심하는 것. 이 이야기의 교훈은 무엇인가? '너한테만

하는 말인데'라는 전제는 아무런 의미도 없다는 뜻이다. 그런 이야기치고 중요한 이야기는 거의 없다. 남을 흉보고 욕하는 이야기가 대부분이다. 그런 이야기는 속성상 남에게 전하지 않고는 못 배기기 마련이고.

다시 말한다. 말을 적게 하거나 비밀 이야기를 삼가라고 해서 아예 말을 하지 말라는 뜻은 아니다. 되도록 말을 아끼라는 뜻이지 해야 할 말을 하지 말라는 뜻은 결코 아니다. 그렇다면 어떤 말이 꼭 해야 할 말인 걸까?

사람과 사람이 만나는 데에는 반드시 적당한 방법이 있지요. 제가 살고 있는 초라한 집에 화려한 행차가 나타난다? 덕이 부족한 제가 감당하기 어려운 일입니다. 옛날의 도리와 맞지도 않으니 사람들에게 욕먹기 십상이 겠지요. 그래서야 우리 두 사람 모두에게 이익이 없으니 이것이 바로 우리가 만나서는 안 되는 첫 번째 이유입니다.

제 친인척 중에는 벼슬한 사람이 없답니다. 그래서 저는 화려한 옷을 입고 대갓집 대문 근처에 가 본 일도 없지요. 그런데 제가 요란한 옷을 입고 거만한 얼굴로 그대를 찾아간다? 그런 짓은 해서도 안 되고 할 수도 없는 일입니다. 이것이 바로 우리가 만나서는 안 되는 두 번째 이유입니다.

아예 다른 사람 집에서 만난다? 사람들에게 말 들을 일은 없겠지요. 그러나 그건 대갓집에 요란한 옷 입고 가는 것과 다를 바가 없습니다. 이것이

바로 우리가 만나서는 안 되는 세 번째 이유입니다. ★이덕무, 우리가 만나서

는 안 되는 이유, 《병세집》

이덕무는 예의 바르기로 소문난 사람이었다. 그런 사람의 글치곤 꽤 강경하다. 왜 그런 걸까? 답은 하나뿐, 그래야 했기 때문이었다. 앞에서도 말했듯 이덕무는 서얼이었다. 양반 취급도 못 받는 사람이었다. 그런데 이덕무의 학식은 당대 최고 수준이었다. 예의 바르고 학식이 뛰어나다 보니 이덕무를 만나고 싶어 하는 사람들이 많았다. 까다로운 성격에 거침없이 말을 내뱉는 박제가의 경우와 상반된다. 문제는 그런 사람들 중에 시원치 않은 사람들이 많이 섞여 있었다는 데에 있다. 그들이 이덕무를 만나고 싶어 하는 이유는 딱 하나, 자신의 이름을 높이기 위함이었다. 이덕무라면 나도 잘 아는데, 만나 봤는데, 하고 남들에게 자랑하기 위함이었다. 그러니까 이덕무는 그들의 값비싼 장식품이었던 것!

이덕무는 그들의 요청을 거절했다. 예의 바르나 단칼에! 우리는 이덕무를 인정해 줘야 한다. 이덕무에게 호감을 보인 시원치 않은 사람들은 겉보기엔 아무 문제가 없는 이들이었다. 떵떵거리며 사는 사람들이었다는 뜻이다. 그런 사람들에게 할 말은 한다? 생각만큼 쉬운 일은 결코 아니다. 아무튼 결론은

간단하다. 말을 아끼되, 해야 할 때는 꼭 해야 한다.

말해야 할 때 침묵하는 것은 옳지 않다. 침묵해야 할 때 말하는 것 또한 옳지 않다. 말해야 할 때 말하고, 침묵해야 할 때 침묵하는 사람, 그 사람이 바로 군자다. ★신흠, 말과 침묵, 《상촌고》

서투른 사람도 필요하다

조수삼은 여러 차례 중국에 드나들면서 어떤 중국인과 매우 가깝게 지냈다. 중국인이 죽은 후 그의 아들은 집을 잃고 여기저기 떠돌아다녔다. 길을 가다 우연히 그 사람을 만난 조수삼은 옛날 일을 생각하고 보따리를 뒤져 가진 돈을 다 내주었다. 사람들은 조수삼이 세상 물정에 어둡다고 흉을 보았다. 조수삼의 나이가 일흔이었기 때문이다. 중국에 다시 가기 어려운 나이였기 때문이다. 그럼에도 그는 만 리 밖 다시 볼 수 없는 곳에 사는 이역인의 아들을 기꺼이 도와주었다. 이런 점이 바로 조수삼을 조수삼답게 만든 것! ★조희룡, 서투른 사람, 《석우망년록》

조수삼은 중국통이었다. 중국에 여섯 번이나 다녀왔으며 유명 인사들과 교분을 나누었다고 전해진다. 그런 만큼 가깝게 지내는 중국인은 제법 많았을 것이다. 일반적으로 생각할 때

❤진심이 통하는 관계의 법칙

그 교우는 우정과 실리가 교묘하게 결합된 것이었겠지. 말이 잘 통해서 친해진 이유도 있겠지만 중국인을 알아 두면 여러모로 편리했을 테니. 그렇게 지내던 중국인 중 한 명이 죽었다. 집안은 풍비박산이 났고 아들은 여기저기 떠도는 신세가 되었다. 조수삼은 중국을 방문했다가 그 아들을 길에서 우연히 만나게 되었던 것이다.

나였다면, 어떻게 대했을까? 그의 처지를 안타깝게 여겼겠지. 등을 두드려 주며 그래도 산 사람은 살아야 하지 않겠느냐고 위로의 말을 건넸겠지. 약간의 돈을 주었을지도 모른다. 그러나 그 이상은 아니었을 것이 분명하다. 왜? 그는 나에게 유용한 존재가 아니기 때문이다. 뒤를 돌봐 주어도 얻을 게 아무것도 없기 때문이다. 그런데 조수삼은 어떻게 했나? 자신이 가진 돈을 다 털어서 주었다. 마지막 중국 여행이라는 것을 알면서도, 다신 돌려받을 수 없다는 사실을 알면서도 자신의 모든 것을 다 주었다. 다른 사람들은 뒤에서 혀를 찼다. 늙어서 노망난 게 분명하다고 생각한 이도 있었을 것이다. 나는 조희룡의 편을 들고 싶다. 그는 뭐라고 썼지? 그런 행동이야말로 조수삼을 조수삼답게 만든 것이라고 썼다. 나는 조수삼의 행동을 '拙(졸)'이라는 한자어로 표현한다. 서투르다는 뜻이다. 때로 너무 빠르고 능숙한 나는 그 서투름이 너무나 좋고 부럽다.

사람들은 대개 비슷한 법. 처세에는 재빠르고, 친구는 겉만 보고 사귀고, 번지르르한 말만 내뱉고, 글은 남의 것을 베껴서 쓴다. 갖추고 있는 물건이나 옷, 음식은 또 어떤가? 신기하고 요상한 것들만 좋아해서 뭐라 평하기도 어렵다. 증세가 심해지면 이 세상이 만들어진 방식에 대해서도 불만을 품게 된다. 조물주와도 재주를 교묘히 겨루지 못해 안달복달한다. 이쯤 되면 극에 달한 것이다. 그런데 이렇게 되면 형세는 돌연 바뀌어 서투름을 받아들이게 된다. 서투름은 교묘한 재주를 그치게 한다. 마음과 몸은 비로소 편안해진다. ★이용휴, 서투름을 사랑하는 집, 《혜환잡저》

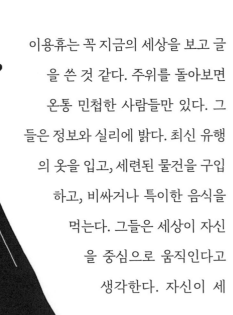

이용휴는 꼭 지금의 세상을 보고 글을 쓴 것 같다. 주위를 돌아보면 온통 민첩한 사람들만 있다. 그들은 정보와 실리에 밝다. 최신 유행의 옷을 입고, 세련된 물건을 구입하고, 비싸거나 특이한 음식을 먹는다. 그들은 세상이 자신을 중심으로 움직인다고 생각한다. 자신이 세상의 주인이라 여긴다. 그 생각이 극에 달하면 어떤 일이 벌어지나? 세상을 자기 식으로 바꾸려는 마음까지 먹는다. 이용휴의 글에서 우리 눈길을 끄는 것은 그다음이다. 재빠름이 극에 달하면 형세는 돌연, 바뀐다는 것이다. 그때는 재빠름이 자취를 감추고 서투름이 빛을 발한다는 것이다!

나는 이용휴의 식견에 놀라면서도 그 가능성에 대해서는 고개를 갸웃하지 않을 수 없다. 정말 그렇게 될까? 사람들은 돈보다는 보람이라고 말하면서도 끝없이 이익을 탐한다. 진실한 우정의 가치를 말하면서도 배반을 일삼는다. 소박함의 미덕을 말하면서도 명품에 눈독을 들인다. 나라를 위해 목숨을 바치겠다고 말하면서도 사욕 채우기에 급급하다. 이런 세상에서 서투름이 언젠가는, 갑자기 빛을 발할 거라고 말한다는 것이 과연 의미가 있는 것일까?

잘 모르겠다. 하지만 그렇기에 더 의미가 있다고 말하고 싶다. 파탄을 향해 굴러가는 바퀴를 멈추게 하는 건 결국은 어리석고 서투른 사람들뿐이라고 말하고 싶다. 언젠가는 그 사람들이 세상을 바꾸리라고, 그렇게 믿어 보고 싶다. 그러니 재빠른 사람이 되기보다는 서투른 사람이 되라고 너의 등을 두드리며 말하고 싶다. 물론 그 길은 참으로 어렵겠지만 말이다.

　성보는 맺힌 것이 없는 사람이다. 고민의 기색도 드러내지 않으며 가슴은 따뜻하다. 잔재주를 부리려고 하지도 않는다. 일이 뜻대로 되지 않더라도 자신을 탓하지 남을 탓하는 경우가 없다. 사람들은 그를 편안하고 어른스러운 사람으로 대우한다. 성보는 힘없고 가난한 선비일 뿐이다. 하지만 나는 그를 부자이며 용기를 지닌 사람으로 평가한다. 자신을 위해 먹고 입는 것 외에는 남과 더불어 하기 때문이다. 성보처럼 재물을 쓸 수 있는 사람은 드물다. 성공했다는 사람들 중에는 욕망의 노예로 사는 이들이 참 많다. 성보는 욕망을 이겨 내고 있으니 그보다 더 큰 용기를 가진 이는 없을 것이다. ★이용휴, 진정한 부자, 《탄만집》

　역시 이용휴의 글이다. 사위인 성보가 집을 옮기는 것을 축하하기 위해 쓴 글이다. 나는 네가 성보 같은 사람이 되었으면 좋겠다. 친구들에게 진정한 용기와 부를 지닌 사람으로 인정을 받았으면 참 좋겠다. 다시 말하지만 쉬운 길은 결코 아니다. 수없이 회의가 찾아올 수 있는 길이다. 가다 가다 정 힘들 때면 박지원의 글을 떠올리는 것도 좋겠다. 그의 글이 최소한 너의 어깨는 툭툭 두드려 줄 테니.

세상에서 쓸 만하다 인정받는 이들은 분명 쓸모없는 사람입니다. 쓸모없

다는 말을 듣는 사람, 그 사람이야말로 실은 쓸 만한 사람이지요. ★박지원,

쓸모에 대해,《연암집》

친구가 구차하게 부탁을 해 올 때가 있다. 들어주기 쉽지 않은 경우가 많다. 이렇게 생각하면 어떨까? 그건 남을 구제하는 길이기도 하고 액땜하는 길이기도 하다고. 있으면 주고 없으면 주지 않으면 된다. 절대로 짜증 내거나 싫어하는 얼굴빛을 보여서는 안 된다. ★심노숭, 친구의 구차한 부탁에 대처하는 법, 《자저실기》

친구가 갑자기 부탁을 해 오면 참 난처하다. 열에 아홉은 돈과 관련된 부탁일 것이며, 나머지도 보통 상황에서는 들어주고 싶은 마음이 생기지 않는 종류일 가능성이 크다. 진퇴양난이다. 무리해서 들어주자니 마음이 찜찜하고, 단호하게 거절하자니 친구를 잃을까 봐 걱정된다. 심노숭은 명쾌한 해답을 제시한다. 있으면 주고 없으면 주지 마라! 보다 일반적인 상황까지 포함하는 문장으로 바꿀 수도 있겠다. 할 수 있으면 하고, 할 수 없으면 하지 마라!

어느 쪽을 택했건 짜증 내거나 싫어하는 티를 팍팍 내서는 안 된다. 도와주고도 욕먹는 지름길이며, 도와주지 않았다간 아예 원수가 될 수 있는 빌미를 제공하는 격이니까. 그런데 정말 이렇게 해도 되는 걸까?

태도에 대해서는 공감할 수 있으나 방법론 자체에 대해서는 확신하기 어렵다. 할 수 있으면 하고, 할 수 없으면 하지 말라니 이게 과연 답이 될 수 있을까? 이렇게 냉정하게 판단하고 행동할 수 있을까? 상대는 내 친구인데 말이다. 친구 얼굴을 보며 냉정한 판단을 내리기는 쉽지 않다.

남이 내게 부탁을 하면 과연 그 일이 할 만한 것인지 깊이 생각한 후 승낙해야 한다. 대개는 그렇지 못하다. 남의 부탁을 들으면 그 일을 하지 못했을 경우에 둘러댈 변명거리를 대충 생각해 놓고는 경솔히 승낙을 해 버린다. "그래, 내가 도와줄게" 하고 대뜸 자신하면서 말이다. 그러곤 나중에 변명거리를 꺼내 둘러대는 것이다. 그래서는 안 된다. 그 사람은 처음부터 도울 생각이 별로 없었던 나를 깊이 믿은 꼴이 되는 것이고, 일은 당연히 실패로 돌아간다. 나는 늘 이 점을 경계하기를 바란다. ★이덕무, 변명하지 말자, 《청장관전서》

이러한 상황이 훨씬 더 현실적이라는 걸 부인하기는 어렵겠지. 그렇다. 우리는 보통 친구의 부탁을 받으면 덜컥 승낙부터 한다. 그러나 이때의 마음은 사실 좀 애매하다. 내 온몸을 바쳐 도와주겠다고 마음먹은 것은 분명 아니다. 일이 일인 만큼 내게도 위험 부담이 있다. 그래서 내 마음 한구석에는 변명거리가 준비되어 있다. 적당히 돕다가 안 되면 '사실은'으로 시작하는 변명거리를 꺼내려는 것이다. 친구 앞에서는 돈을 빌려주겠다고 말해 놓고도, 늦은 밤에 친구를 도와주러 가겠다고 말해 놓고도, 나중에는 '사실은 우리 엄마가' 하고 말을 꺼내려는 것이다.

이덕무가 언급했듯 이건 처음부터 못 도와주겠다고 거절하는 것보다 더 나쁘다. 왜? 친구는 다른 대안을 마련할 시간을 잃어버린 셈이니까. 그러니 방법은 단 하나뿐이다. 부탁을 받았을 때 깊이 생각해야 한다. 덜컥 승낙하지 말고 내가 도울 수 있을지 정말로 진지하게 판단해야 한다. 그런 뒤 도와주겠다고 마음을 먹었으면 끝까지 최선을 다해야 한다. 남의 부탁을 들어준다는 것, 사실 그건 쉬운 일이 아니다. 내가 손해 볼 수도 있다는 생각을 미리부터 하고 있어야 한다. 때론 낭패를 당할 수도 있다는 가능성을 열어 두고 있어야 한다. 이래서 세상 살기는 참 어렵다.

칠십 먹은 나는 눈병으로 고생 중이었다. 의원의 지시대로 고약을 붙이고 지내는데 외손자 허질이 들어와 말하길 손님이 있다고 했다. 병을 핑계로 사양하라고 했더니 한참 있다 다시 와선 손님이 여전히 보기를 청한다고 했다. 다시 사양했더니 잠시 후 다시 와 똑같은 말을 하는 것이었다. 다시 사양하고는 외손자에게 물었다.

"뭘 원하더냐?"

"집에 걸 글을 써 달랍니다."

"보통은 거절당하면 실망하기 마련이다. 또 거절당하면 발끈 화를 내고, 다시 거절당하면 에잇, 하며 가 버리기 마련이지. 그런데 저 이는 그렇지 않으니 온화한 사람이 분명하다. 그러니 그의 집에는 '和(화)'라는 이름이 제격이겠다."

외손자가 말했다.

"안 그래도 이름이 '온화한 집(和庵)'이랍니다."

나는 웃으며 말했다.

"잘 지었구나. 우리가 나눈 대화를 정리해 글로 쓰면 되겠구나." ★이용휴, 온화한 집,《탄만집》

이번엔 입장을 바꾸어 보기로 하자. 내가 부탁을 하는 쪽이라고 생각해 보자. 상대를 불편하게 하지 않으면서 내 부탁을 들어주게 만들려면 어떻게 해야 할까? 이용휴의 글에서 답을 얻을 수 있다. 부탁하고, 부탁하고, 또 부탁하는 것이다. 상대가 거절해도 화내지 말고 다시 정중하게 부탁하는 것이다. 또 거절하면 또 부탁하고, 또 거절하면 또 부탁하는 것이다. 태도는 일관되게 정중해야 한다.

그렇더라도 친구끼리는 서로 부탁하지 않는 게 제일 좋다. 그게 무슨 냉정한 말이냐고? 정말 좋은 친구라면 내가 무엇을 부탁하기도 전에 내 부탁을 알 것이다. 내게 먼저 물어보고는 자신이 할 수 있는 최선을 다해 줄 것이다. 애매한 친구라면 부탁하고 말 것도 없다. 어차피 거절당할 테니.

♥진심이 통하는 관계의 법칙

먼저
베풀자

　내가 보기에 그 사람은 교만하고 성질 더러운 인간이다. 그런데 다른 이
들은 그 사람이 겸손하고 나서지 않는다며 칭찬을 한다. 내가 보기엔 잘난
체하는 인간인데 다른 이들은 따뜻한 사람으로, 내 눈엔 어리석은 인간인
데 다른 이들은 똑똑한 사람으로 믿는 경우도 있다. 이 같은 사례는 굉장히
많다. 사람마다 보는 바가 다르기 때문일 터. 그럴 땐 나 스스로부터 돌아봐
야 한다. 아마 그 사람은 실제로 겸손하고 나서지 않는 사람이었겠지. 내가
어리석고 비굴한 짓을 했기에 교만하고 성질 더럽게 행동했겠지. 아마 그
사람은 무척 따뜻한 사람이었겠지. 내가 그 사람의 자존심을 살살 건드렸
기에 잘난 체를 했겠지. 아마 그 사람은 진짜 똑똑한 사람이었겠지. 내가
그의 수준에 미치지 못했기에 어리석게 굴었겠지. ★홍길주, 문제는 나, 《수여
난필속》

같은 사람을 두고 다른 평가를 하는 경우가 종종 있다. 이럴 때는 어떻게 해야 할까? 홍길주의 의견에 백 퍼센트 공감한다. 그렇다. 옳고 그르기를 따지기 전에 자기 자신부터 돌아볼 일이다. 다른 이들에겐 겸손했던 사람이 왜 나에겐 교만한 태도를 보였는지, 다른 이들에겐 따뜻했던 사람이 왜 내 앞에선 잘난 체했는지, 다른 이들에겐 똑똑하게 보였던 사람이 왜 내 앞에선 멍청하게 보였는지 깊이 생각해 볼 일이다. 그러다 보면 문득 이런 생각이 들겠지. 혹시 나 때문에 그 사람이 그렇게

행동한 건 아닐까?

내 경험상, 열에 아홉은 그렇다고 말하고 싶다. 그 사람이 아주 이상한 성격의 소유자가 아닌 이상 말이다. 그러니 문제는 바로 '나'인 것이다. 나에게 문제가 있었기에 그의 진면목을 제대로 볼 수 없었던 것!

고백하건대 나는 예전에는 단 한 번도 지금 내가 처한 것과 같은 고로운 상황에 대해 생각해 본 적이 없습니다. 그런데 당신은 내 생각을 해 주었을 뿐만 아니라 나에 대해 마음 아파하고 지내는 게 어떤지 묻기까지 했습니다. 이러한 면이야말로 당신이 다른 이보다 뛰어난 부분입니다. 내가 남보다 못한 부분이기도 하고요. ★이학규, 훌륭한 당신, 《낙하생집》

이학규가 유배지에서 보낸 편지다. 문맥으로 보면 '당신'이라는 사람이 이학규의 안부를 묻는 따뜻한 편지를 먼저 보낸 것 같다. 누군지는 알 수 없으나 아주 친한 사람이었던 것 같지는 않다. 그 사람이 보낸 뜻밖의 편지를 받고 이학규는 편안히 지내던 그 여유롭던 시절, 아름다운 꽃이나 시원한 물과 같던 그 태평했던 시절을 떠올린다. 그 시절에 이학규는 자기만 생각하는 사람이었다. 어려움을 겪는 사람에게 눈을 돌린 적이 없었다. 고통받으면서 사는 사람이 있으리라곤 아예 생각조차 하지 않았다. 그러다 나락으로 떨어졌다. 바람에 풀이 움직이면 뱀이 나올까 두려워 떨고, 귀 근처에서 윙윙 소리가 들리면 모기에게 물릴까 걱정하고, 뜨거운 태양이 내리쬐면 그늘을 찾아 헤매는 처지가 되었다. 그러던 차에 '당신'의 편지가 도착했던 것이다.

아마도 안부를 묻는 편지였겠지. 전 같으면 신경도 안 썼을 평범한 편지였겠지. 그 편지가 이학규의 마음을 움직였고 지난 과거를 반성하게 했다. 어려운 이들에게는 눈도 돌리지 않았던 그 편안했던 나날들을 후회하게 만들었다. 그렇다. 사람은 위기가 되어야 비로소 주위를 돌아보는 법이다. 위기를 헤쳐 나가기 위해 힘겹게 살아온 이들이 진작부터 있었음을 비로소 깨닫고 내 뻔뻔했던 지난날을 되새기게 되는 법이다.

내가 어려울 때나 돈이 없을 때 힘써 주고 돈을 내어 준 사람은 잊지 말아야 한다. 그 사실을 기록해 두고서 잘 간직해야 한다. 그 은혜를 잊지 말고 평생 어떻게 갚을까를 생각해야 한다. ★이덕무, 잊지 말아야 할 것,《청장관전서》

사람들은 이덕무와는 정반대로 행동한다. 남을 도울 때는 티를 팍팍 내면서도 남의 도움을 받은 사실은 쉽게 잊는다. 대개 그렇다. 그래서는 안 되겠지. 자신이 도운 사실은 숨겨야 하

🖤진심이 통하는 관계의 법칙

고, 남이 도운 사실은 요란하게 티를 내야겠지. 오른손이 하는 일은 왼손이 모르게 하라는 성경 말씀까지 동원하고 싶지는 않다. 왜? 자기의 선행은 숨기고 남의 은혜를 잊지 않는 것은 제대로 된 인간이 해야 하는 당연한 도리니까. 비록 우리가 사는 이 시대가 당연한 걸 당연하게 여기지 않는 기이한 시대라 해도 말이다. 그러니 우리는 아예 한 걸음 더 나아가도록 하자. 어려울 때 어렵다 말하지 말고 아예 먼저 베풀기로 하자. 남들이 뭐라 해도 우리는 그렇게 한번 해 보자. 유배지의 정약용이 그랬던 것처럼.

며칠 동안 굶주린 일가친척에게 쌀을 주어 굶주림을 면하게 한 적이 있느냐? 눈 속에서 얼어 쓰러진 이에게 장작 한 묶음이라도 나누어 준 적이 있느냐? 몸이 아파 약이 필요한 이에게 적은 돈이라도 주어 약을 처방받게 한 적이 있느냐? 늙고 가난한 이를 찾아가 절하고 무릎 꿇고 공경한 적이 있느냐? 걱정하는 이의 고민과 아픔을 함께 나누고 어떻게 처리해야 할지 머리를 맞대어 본 적이 있느냐? 너희는 그렇게 하지 못했다. 그러면서 어찌 너희의 급하고 어려운 일을 해결해 주기 위해 일가친척이 달려올 걸 기대한단 말이냐? 나는 베풀지 않았으면서 남들이 먼저 베풀기를 바라는 것, 그건 너희가 오만하기 때문이다. ★정약용, 먼저 베풀어라, 《여유당전서》

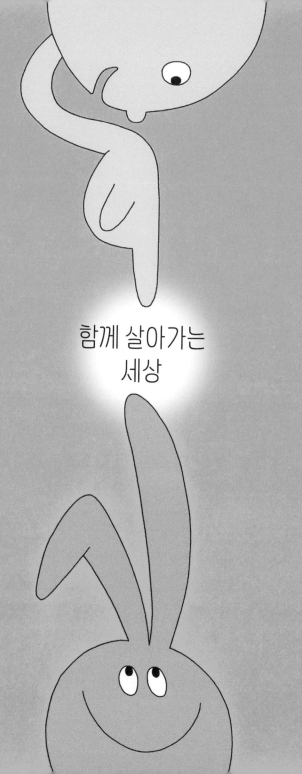

함께 살아가는
세상

나를
살게 하는 것들

재물 중에 곡식보다 중요한 건 없다. 입이 있는 사람은 누구나 하루 두 그릇의 밥을 먹는다. 그렇다고 해서 그들이 모두 자기 힘으로 곡식을 생산하는 것은 아니다. 그러니 재물은 늘 모자라거나 없어지게 되는 것이다. 손을 움직여 부지런히 일하지 않으면서 입으로 실컷 먹으려만 한다? 그건 벌레나 짐승의 짓이다. 옛날의 군자들은 앉아서는 도를 말하고 일어나서는 도를 실천했다. 그 공로는 곡식을 직접 생산하는 것에 비길 만하다. 그러니 그들은 곡식을 많이 먹어도 괜찮은 것이다. 그러나 아무 생각도 없이 편안히 앉아 남이 생산한 것만 빼앗는 이들이 있다. 과연 그래도 되겠는가? ★이익,

적게 먹기, 《성호사설》

지금 우리는 뭘 먹을까 하는 문제는 걱정해도 먹지 못하는 일이 생길까 봐 염려하지는 않는다. 조선 시대는 달랐다. 먹고

사는 것 자체가 쉽지 않았다. 문제는 먹고살지 못하는 이의 대부분이 하층민이라는 사실이었다. 곡식을 직접 생산하는 주체들이 배고픔에 시달린다는 사실이었다. 양반들은 어떠한가? 양반들 중에 굶주리는 이는 거의 없었다. 모순이었다. 이익이 보기에 대부분의 양반들은 곡식을 생산하는 과정에 아무런 도움도 주지 않는다. 그러면서도 그 생산물을 빼앗아 편안히 살고 있는 것이다. 공부라도 열심히 하느냐 하면 그것도 아니다. 그저 무위도식하면서도 잘 먹고 잘살고 있는 것이다. 그래서 이익은 반성한다. 글 읽는 사람이라는 자신의 존재에 대해 심각하게 반성한다.

나는 글을 좋아하는 천성을 타고났다. 그러나 하루 종일 책을 잡고 끙끙거려도 나는 내 힘으로 실 한 올도, 쌀 한 톨도 생산할 수 없다. 나라는 존재가 천지 사이의 한 마리 좀 벌레에 불과하다는 증거다. ★이익, 적게 먹기, 《성호사설》

조선 선비 중에 자신을 좀 벌레라 표현한 이가 또 누가 있는지 나는 잘 모르겠다. 사전에 좀을 검색해 보니 다섯 가지 풀이가 나온다. 두 번째 풀이는 이렇다. '좀과의 곤충. 몸의 길이는 11에서 13밀리미터이며, 흑갈색인데 비늘로 덮여 있다.' 더

함께 살아가는 세상

유용한 것은 다섯 번째 풀이다. '사물을 눈에 띄지 않게 조금씩 해치는 사람이나 물건을 비유적으로 이르는 말.'

이익의 마음속에 있었던 건 바로 이 다섯 번째 풀이일 것이다. 국가와 세상을 조금씩 해치는 건 바로 자신과 같은 글 읽는 선비, 혹은 양반이라는 뼈아픈 자각! 그래서 이익은 어떻게 했나? 혁명이라도 일으켰나? 그렇지는 않다. 그럼 아무것도 하지 않았나? 그렇지도 않다. 이익은 그가 할 수 있는 소소한 실천을 했지. 콩밥을 지어 먹었고, 콩을 나눠 먹는 모임을 만들었다. 그 모임에서 먹는 것은 누렁콩죽, 콩나물 김치, 콩으로 만든 장이 전부였다. 소식에 익숙해진 이익은 자신의 경험을 바탕 삼아 이렇게도 썼다. "한 번 굶고 두 번 굶는다고 반드시 병이 생기는 건 아니다!" 소소한 실천이라는 말은 취소해야겠다. 이건 결코 소소한 것이 아니니까.

이익의 생각은 조카인 이용휴에게로 이어진다. 권언후라는 사람이 이용휴에게 집 이름에 대한 글을 부탁하러 왔다. 그런데 그 집의 이름은 바로 '부끄러운 집'이었다. 왜 하필 그런 이름을 생각했느냐는 질문에 권언후는 이렇게 답했다.

하늘과 땅을 대하기가 부끄럽습니다. 하늘과 땅은 수많은 성현들을 살게 해 주었는데, 지금은 저를 살게 해 주고 있습니다. 해와 달을 대하기가 부끄

럽습니다. 해와 달은 수많은 성현들을 비추어 주었는데, 지금은 저를 비추어 주고 있습니다. ★이용휴, 부끄러운 집,《탄만집》

   권언후의 말이지만 사실은 이용휴의 속마음이기도 하리라고 나는 믿는다. 하늘과 땅, 그리고 해와 달은 수많은 성현들을 살게 해 주고 비추어 주었다. 그런데 지금은 나를 살게 해 주고 비추어 주고 있다. 보통 사람들은 당연시했겠으나 특이하면서도 진지한 이용휴는 이렇게 질문을 한다.

   '내가 과연 무엇을 했기에 이런 대우를 받을까? 내가 진정 성현에 비견될 만한 인물일까?'

   너에게 묻고 싶다. 너는 과연 무엇을 했기에 이 땅과 이 햇살 아래 사는 혜택을 누리는 걸까? 너는 과연 그런 대우를 받고 살 만한 가치가 있는 사람일까? 나 또한 마찬가지다. 사실 나

✿ 함께 살아가는 세상

◉ 출처

6장 함께 살아가는 세상

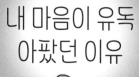

2장

내 마음이 유독
아팠던 이유

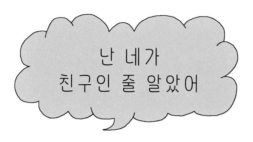

난 네가
친구인 줄 알았어

왜 나는 신기한 것에 환장한다는 말을 듣는 걸까요? 글과 편지가 남들과 조금 달라서일까요? 처남은 내가 하는 말과 편지를 듣고 보았으니 잘 알 겁니다. 내가 상대가 누군지 가리지도 않고 무조건 별나게 쓰던가요? 그저 한두 친구와 처남에게만 그럴 뿐입니다. 처남이 별나게 쓰지 말라고 했으면 내가 과연 그렇게 썼겠습니까? 아, 처남은 내 글을 보고 숨겨 두었어야 했습니다. 남들에게 자랑하지도 말고, 허물이 있음을 걱정하지도 말았어야 했습니다. 그러곤 조용히 내게 충고를 했다면 나는 처남이야말로 나를 참으로 아끼는 사람이구나, 하고 인정을 했겠지요. 지금 처남은 내가 남의 충고 따위는 아예 무시하고 혼자서만 잘난 체한다고 여기는 것 같아요. 이는 나를 저버리는 행동입니다. 내가 정말 그럴 리가 있겠습니까? ★박제가,

나를 좀 믿어 주세요! 《정유각집》

박제가는 별난 인간이었다. 시대의 전위가 되기를 갈구했던 사람이라 할 만하다. 현대에 태어났다면 혁명가나 예술가가 되었겠지. 전위란 어때야 하나? 필연적으로 남들보다 앞에 서야 한다. 남들의 이해를 구하기보다는 새로움을 온몸으로 받아들이는 일에 온 힘을 쏟아야 한다. 21세기인 지금도 전위는 칭찬보다는 비난을 받는 경우가 더 많다. 하물며 18세기에는 어땠을까? 소수의 양반이 나라를 지배하고 맹목에 가까운 근본주의적인 성리학이 사회를 장악하고 있던 그 시절엔 도대체 어땠을까?

그렇다. 박제가는 말하기 좋아하는 이의 껌이요, 밥이었다. 사람들은 틈만 나면 박제가를 씹어 댔고, 조롱했다. 박제가는 비난의 아이콘이었다. 글을 써도 욕먹었고, 말을 해도 욕먹었고, 심지어는 고개를 들거나 발걸음을 옮기기만 해도 욕먹었다. 그런 어려운 시기를 견디는 데에는 친구의 도움이 필수적이다. 우리는 박제가에게 이덕무 같은 좋은 친구가 있었음을 알고 있다. 그러나 이덕무만으로는 견디기 어려울 때도 있는 법이다. 게다가 이덕무는 서얼이라 처신에 한계가 있다.

그러한 때 정작 자신과 가장 가까워야 할 존재이며, 자신의 편을 들어야 할 존재인 처남 이몽직(원래 이름은 이한주다. 그러나 이몽직이라는 이름으로 널리 알려져 있기에 그냥 쓴다)의 태도는 애매하기만 하다. 지나치게 새롭거나 기이한 것을 좋아한다는 세간의 지적에 무조건 동의하는 것은 아니지만 그러한 지적을 완전히 부인하지도 않는다. 왜 그런가? 박제가가 자신에게 보여 준 글이나 편지가 파격적이었기 때문이다. 박제가가 남들과 다른 건 분명했기 때문이다. 그런 사실을 잘 알고 있기에, 자신도 그러한 성향이 적지 않게 걱정이 되기에 남들 앞에서 애매한 태도를 취한 것이다. 그것도 모자라 박제가에게 그 사실을 알리고 넌지시 반성을 유도한 것이다.

박제가는 수줍음을 많이 타는 사람이기도 했다. 그럼에도 행동은 직선적이라 마음을 터놓고 대하는 친구는 이덕무 등 몇몇 말고는 없었다. 이몽직은 박제가가 친구로 생각하던 사람 중 한 명이었다. 그 이몽직이 실은 자신에 대해 전혀 모르고 있었음을 확인하게 된 박제가의 심정은 어땠을까?

이몽직에게도 물론 할 말은 있었겠지. 친구의 단점을 지적하는 친구가 좋은 친구라는 말도 쓱 내밀 수 있었겠지. 박제가도 안다, 이몽직이 나쁜 사람이 아니라는 것을, 자신을 진심으로 걱정하는 사람이라는 것을. 그렇더라도 박제가는 서럽다. 비판을 들을 각오는 되어 있지만 자신의 처남이 자신에 대해 완벽하게 알지 못하고 있다는 사실이 생각하면 생각할수록 서럽다.

김유근의 장례는 이미 끝났을 테니 그는 이제 저승 사람이 되었겠지. 흐르는 눈물이 수건을 적시네. 눈물은 가슴속에도 쌓여 바다처럼 끝이 없고. 나의 슬픔이야 언젠가는 사라지겠지만 도무지 이해할 수 없는 게 하나 있다네. 김유근이 양자를 세운 뒤로 왕래가 끊겨 버린 거지. 귀신이 농간을 부리고 하늘이 조화를 부린 걸까? 모든 게 다 어긋났고 그것도 모자라 그가 죽었으니 도대체 무슨 일이 벌어진 걸까? 그의 가족들에게게라도 은혜를 갚고 싶었으나 그렇게 할 수도 없게 되었네. 하늘이 이렇게 만든 걸까, 아니면 김유근이 이렇게 만든 걸까? ★김정희, 권돈인에게, 《척독》

박제가와 이몽직은 분명 대화를 통해 오해를 풀었을 것 같다. 두 사람의 우정이 워낙 돈독했기에 벌어진 작은 다툼이었으니 비록 감정은 조금 상했더라도 봉합하기는 어렵지 않았을 것이다. 그러나 비극으로 끝나 버린 경우도 있다. 김정희와 김유근의 경우가 그랬다. 노력을 하고 말고 할 시간도 없었다. 관계가 뜸해진 후 얼마 되지 않아 김정희는 제주도로 유배를 떠났고 김유근은 죽어 버렸기에 오해를 풀 수 있는 기회조차 없었다. 답답하고 안타까운 것은 김정희 쪽이다.

김정희와 김유근과 권돈인은 삼총사라 부를 만큼 가까웠다. 김유근은 그림을 얻으면 한 귀퉁이에 권돈인과 김정희의 도장을 찍곤 했다. 친구들과 함께 그림을 감상하는 기분을 맛보기 위해서였다. 셋은 책도 공유하다시피 했다. 책이 귀한 조선 시대에는 흔치 않은 일이었다. 그런 사이가 갑자기 변한 것이다. 이유조차 알 수 없기에 더욱 답답했다. 그래서 김정희는 권돈인에게 편지를 보내 자신의 억울한 심정을 호소한다. 하지만 오해받은 김정희의 마음이 풀렸을지 우리로선 알 수가 없다.

나는 예전에 박지원과 함께 박남수의 벽오동관에 간 적이 있었다. 이덕무와 박제가도 함께했다. 그날은 달빛이 참 밝았다. 박지원이 《열하일기》를 직접 읽기 시작하자 박남수가 시비를 걸었다.

"선생의 문장이 비록 훌륭하지만 패관기서를 좋아하시는 게 문제입니다. 고문이 왕성해지는 걸 막을까 봐 두렵습니다."

술에 취한 박지원은 "네놈이 뭘 안다고 그러느냐?"라고 말하고는 읽기를 계속했다. 역시 술에 취한 박남수는 촛불을 들더니 《열하일기》 초고를 불태우려 했다. 내가 급히 만류하자 그만두었다.

박지원은 화가 난 나머지 몸을 돌리고 누워 일어나지 않았다. ★남공철, 열하
일기 방화 미수 사건, 《금릉집》

남공철의 글을 통해 우리는 《열하일기》에 관한 놀라운 사연
하나를 접한다. 술 취한 이들 사이에 있기 마련인 작은 다툼처
럼 보이지만 실상은 꽤 심각하다. 박남수는 술의 힘을 빌려 《열
하일기》라는 작품의 가치를 의심하는 말을 계속 내뱉고 있다.
그것도 원작자인 박지원 앞에서! 박지원이 받았을 충격은 제
법 컸을 것 같다. 이덕무, 박제가, 남공철, 그리고 박남수는 박
지원이 신뢰하는 이들이었다. 그랬기에 《열하일기》를 직접 낭
독하는, 그로서는 드문 퍼포먼스도 벌였겠지. 그런데 그들 중
한 사람이 《열하일기》의 가치에 정면 도전하고 나선 것이다.
그것도 자기보다 스무 살이나 어린 박남수가! 이 사건은 어떻
게 수습되었을까? 남공철에 따르면 박지원은 다음 날 아침 박
남수를 불러 이렇게 말했다고 한다.

내가 이 세상에서 불우하게 지낸 지가 꽤 오래야. 그래서 문장을 빌려 그
불평을 드러내고 제멋대로 논 것이지. 무슨 말인가 하면 좋아서 쓴 글이 아
니라는 뜻일세. ★남공철, 열하일기 방화 미수 사건, 《금릉집》

일은 뜻밖에도 잘 수습되었다. 박지원이 어른답게 해명하고 사과하자 모두들 건배를 하고 술을 들이켜 화해했다는 이야기 다. 해피엔딩! 남공철은 글의 말미에서 지나고 보니 박남수의 주장이 과연 옳았다는 사실을 슬쩍 밝히고 넘어간다. 박지원의 넓은 도량도 양념 삼아 함께 칭찬을 하고. 그런데 과연 그런 걸까?

나는 이날의 일이 결코 남공철의 기억대로 흘러갔다고 믿지 않는다! 박지원이 도량이 넓어서 박남수를 용서하고, 자신의 과오까지 쿨하게 인정한 걸까? 나는 절대 그렇게 생각하지 않는다! 박지원은 박남수의 오해가 이미 갈 데까지 간 걸 두 눈으로 목격했다. 붙잡고 설득한다고 들을 수준이 아님을 알아 챘다. 그랬기에 이해시키려는 노력을 아예 포기하고 사과 비슷한 발언으로 대충 마무리를 했겠지. 그 순간에도 박지원의 속은 부글부글 끓었을 테고. 나이 어린 사람에게 오해받고 질 타당하는 자신의 처지가 한심하기도 했을 테고. 그러니깐 박지원의 행동은 사실은 절망이었던 것!

때론 나와 가까운 친구들조차 내 마음을 몰라줄 때가 있다. 그냥 몰라주는 정도가 아니라 심각하게 오해를 할 때도 있다. 그럴 때, 섣부르게 괜찮다거나 시간이 지나면 좋아진다고 말 하고 싶지 않다. 괜찮을 리가 없는 게 정상이니까. 시간이 만병

통치약은 아니니까.

　다만 이렇게만 말하려 한다. 그래, 살다 보면 그럴 때가 있는 법이다. 오해받아 괴로운 밤도 있는 법이다. 친구만은 내 마음을 알아줄 줄 알았기에 더 외로운 밤이 가끔은 있는 법이다. 그게 우리의 삶이기도 하고.

나도 싫은
내 모습

예전에 누가 나를 부르러 하인을 보낸 적이 있었다. 그 하인이 내 이름 '만
주'를 부르며 나를 찾은 적이 있었다. ★유만주, 모욕, 《흠영》

단 두 문장에 불과하지만 이 두 문장 안에 든 모멸감은 바닥
이 들여다보이지 않는 우물의 깊이에 버금간다. 조선 시대에
서 호나 자가 아닌 이름을 부르는 건 양반들 사이에서 일종의
금기였다. 그런데 같은 양반도 아닌 하인이 유만주를 찾는답
시고 이름을 부른 것이다! 그런데 여기서 하인의 입장을 한번
생각해 봐야 한다. 과연 하인이 유만주를 모욕하기 위해 그의
이름을 부른 걸까?

그렇지는 않았을 것이다. 하인은 주인의 명령을 따르는 사
람이다. 하인이 그런 행동을 한 이유는 주인이 그러라고 시켰

기 때문이다. 혹은 이름만 알려 주었기 때문이다. 그렇다면 우리는 그런 명령을 내린 주인을 주목해야 한다. 주인은 왜 그런 명령을 내렸을까? 농담일 가능성이 가장 먼저 떠오른다. 유만주 스스로도 다음과 같이 적고 있기는 하다.

나는 단순히 농담이라 여기고 더 따지지 않았다. ★유만주, 모욕, 《흠영》

그러나 여기엔 함정이 있다. 농담은 친밀한 사이에나 가능한 법이다. 문맥으로 볼 때 하인을 보낸 이와 유만주는 그리 가까웠던 것 같지는 않다. 하인이 유만주에 대해 무지했다는 게 증거다. 거기에 더해 유만주는 사교 행위에 능숙한 사람도 아니었다. 세련되지 못한 말솜씨와 딱딱한 태도로 욕을 먹은 적도 꽤 많았다. 그러니 가까운 친척과 한두 명의 친구 말고는 사귀는 이도 거의 없었다. 그렇다면 무엇인가?

지금 생각해 보면 함부로 한 그 행동을 분명히 꾸짖고 엄하게 다스려 창피를 주었어야 마땅했다. ★유만주, 모욕, 《흠영》

무슨 뜻일까? 하인이 자신의 이름을 불렀을 때 유만주는 자신이 모욕당하고 있다는 사실을 분명히 알고 있었다는 뜻이

▼내 마음이 유독 아팠던 이유

다. 그럼에도 그냥 농담으로 여기며 허허 웃고 넘어갔다는 뜻이다. 농담이 아닌 줄 분명히 알고 있었으면서도! 그렇기에 오랜 시간이 지난 후에도 그 장면을 잊지 못하고 있는 것이다.

유만주는 실패자였다. 과거 시험에는 응시하는 족족 떨어졌고, 어릴 적부터 품었던 역사학자의 꿈은 요원하기만 했다. 이룬 건 아무것도 없었다. 바꿔 말하면 그의 자신감은 바닥이었다는 뜻이다. 그는 모멸감이라는 깊은 우물 바닥에 웅크리고 앉아 있는 꼴이나 마찬가지였다. 유만주의 괴로운 심경은 그가 스무 살 때부터 죽기 직전까지 하루도 빠짐없이 썼던 '흠영'이라는 이름의 일기 곳곳에 모습을 드러낸다.

사람이라면 당연히 귀신같은 능력 한 가지는 있어야 한다. 예로부터 전해 오는 귀신같은 용병술이 좋은 예다. 귀신같은 용기, 의술, 힘, 관상술, 활 솜씨, 말솜씨 중 하나만 있어도 힘을 쓸 수 있는 법이다. 사람으로 태어나 가장 슬픈 게 뭐냐고? 단 한 가지 재능도 없는 것이다. ★유만주, 내겐 재주가 없다, 《흠영》

사실 모멸감은 두 개의 얼굴을 갖고 있다. 흔히 우리는 남이 나를 모욕한다고 여긴다. 그러나 모욕감은 자신을 거울에 비춰 보며 스스로 만들어 내는 감정이기도 하다. 무섭고 참담하기로 치면 단연 후자 쪽이지. 그랬기에 백설 공주 이야기에 등장하는 왕비는 거울의 말 한 마디에 뜨거운 질투를 내뿜었고, 결국은 처참하게 삶을 마감한다.

이제 유만주가 자신의 이름을 부르는 하인을 불러다 혼쭐을 내지 못한 까닭을 이해할 수 있을 것이다. 하인을 혼낸다고 끝낼 문제는 아니었던 것. 결국은 거울의 문제였던 것. 그깟 거울 확 깨 버리면 되지 않느냐고? 그것도 방법이겠다. 그런데 모멸감을 비추는 거울은 의외로 단단하다는 사실은 잊지 말아야겠다. 그래도 희망이라면 깨지지 않는 거울은 없다는 사실일 테고.

사족 하나. 나 또한 성공하지는 못한 사람이기에 유만주의 처지에 깊이, 또 깊이 공감하며 스스로에게 묻는다.

하인이 정말 유만주의 이름을 불렀을까?

혹시 그 하인은 유만주 자신의 그림자는 아니었을까?

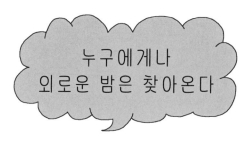

누구에게나
외로운 밤은 찾아온다

날씨가 꽤 춥다. 집안 식구는 모두 잘 있고? 너의 공부는 잘되고? 내 병의 상태에 대해선 네 어머니에게 보낸 편지에 자세히 썼으니 더 말하지 않겠다. 김동지가 직접 전하기도 했으리라 믿는다. 네 선생에게 수업료를 보내지 못하는 게 한스럽다. 정신이 어지러워 더 쓰지는 못하겠구나. ★김홍도, 너의 수업료, 《단원유묵첩》

김홍도는 재능이 뛰어난 화가였다. 그의 그림은 언제 봐도 반짝반짝 빛이 난다. 김홍도는 운도 좋은 사람이었다. 어려서는 스승 강세황의 사랑을 받았고 화원이 된 후에는 정조의 은혜를 입었다. 김홍도의 인간성도 큰 몫을 했다. 무슨 말이냐면 김홍도는 미천한 화원이었으나 선비 같은 사람이기도 했다. 홀로 있을 때는 경전을 읽었고 친구들에겐 아낌없이 베풀며

살았다. 그림 그려 달라는 요구도 웬만하면 거절하지 않았다. 요약하자면 부와 명예와 인품 모두를 가진 사람이었다.

그런 김홍도가 죽기 직전 아들에게 편지를 썼다. 병든 몸으로, 돈이 없어 수업료를 못 보내니 미안하다고 편지를 썼다. 정조가 죽은 후 김홍도의 명성이 전만 못한 것은 사실이었다. 그럴더라도 김홍도의 갑작스러운 몰락은 이해가 되지 않는다. 더더욱 받아들이기 어려운 것은 그의 편지에서 전해지는 외로움이다. 김홍도를 떠받들던 이들은 다 어디로 가 버린 것일까? 김홍도에겐 도대체 무슨 일이 있었던 걸까? 모르겠다. 나는 잘 모르겠다. 내가 아는 건 오직 김홍도의 아름다운 시절은 해가 저물기도 전에 갑자기 끝나 버렸다는 사실뿐이다.

깊은 밤, 잠은 오지 않고 여관의 등불만 홀로 빛난다. 동생의 편지를 읽다 보니 마음은 더욱 서글퍼진다. 나는 10년 동안 재상으로 있었다. 그런데 단 하룻밤 사이에 푸대접을 받는 처지가 되어 버렸다. 전생에 지은 죗값을 이제야 치르는 것일까? ★신흠, 죄의 값, 《상촌고》

선조 시절 고위직을 역임했던 신흠은 광해군이 즉위한 후 정치적 박해를 받는 신세가 되었다. 10년 동안 나라에 헌신하며 살았다고 생각했는데, 사람들의 마음을 두루 헤아리며 살았다고 생각했는데, 얻은 것은 배반과 갑작스러운 유배뿐이었다. 하룻밤 사이에 모든 게 바뀌었다. 실제론 하룻밤은 아니겠으나 그에겐 하룻밤에 벌어진 일 같았다!

그를 위로하겠다고 찾아온 이들도 몇몇 있기는 했다. 그러나 그 말들은 도무지 귀에 들어오지 않는다. 몇 마디 말로 위로받기엔 그가 느낀 갑작스러운 배반과 전락의 상처가 너무 컸기 때문이다. 신흠은 어떻게 했나? 사람들을 욕하고 세상을 비난했나? 아니다. 그렇지 않다. 기억나지도 않는 자신의 전생까지 더듬어 '이 모든 건 끝나지 않은 인생의 업보일 터'라고백하며 자기 안에서 죄의 기원을 찾아 헤맬 뿐이다. 자신의 실패를 설명할 마땅한 이론을 찾기 위해 바보처럼 두 눈만 껌뻑일 뿐이다.

어려서는 문장가의 글을 배웠다. 자라서는 국가를 경영하고 백성을 올바로 인도할 학문 쪽에 마음을 기울였다. 수개월을 집에 들어가지 않고 온 힘 다해 노력하기도 했다. 그러나 지금 사람들은 아무도 나를 알아주지 않는다. ★박제가, 자기 소개서 쓰는 법, 《정유각집》

박제가의 글 또한 깊은 밤에 탄생했으리라. 자기를 곱씹기에, 무능하고 외로운, 버려진 자기를 돌아보기에 가장 좋은 시간이 바로 깊은 밤이므로. 나는 앞에서 박제가에게는 좋은 친구가 여럿 있었음을 밝힌 바 있다. 그러나 그 어떤 좋은 친구도 위로해 줄 수 없는 밤은 있는 법이다. 누구에게나 그런 밤은 있는 법이고, 박제가에게도 예외는 아니었다. 게다가 앞서도 말했듯 박제가는 전위였고 야심가였다. 그러나 현실의 그는 뒷자리 중의 뒷자리인 서얼일 뿐이었다. 이상과 현실의 불일치! 그에 따른 비판과 좌절들! 박제가가 깊은 밤에 자신을 돌아보며 쓸쓸한 글을 썼던 이유다.

집 안에 틀어박혀 조용히 지내니 아무 생각이 없어졌다. 가족이 보낸 편지를 받으면 "잘 있습니다"라는 구절만 읽고 치워 두었다. 날이 갈수록 점점 더 게을러졌다. 세수도 하지 않고, 망건도 쓰지 않았다. 경조사가 있어도 가지 않았고, 손님이 와도 입 한 번 벙긋하지 않았다. 자다 깨면 책을 보았고, 책을 보다가 다시 잠들었다. 깨우는 사람이 없으면 하루 종일 잠만 자기도 했다. 가끔 글을 쓰기도 했다. 그러다 지겨우면 구라철사금을 연주했다. 친구가 술이라도 보내오면 잔뜩 취해 글 한 편 뚝딱 짓곤 허허 웃었다.

★졸저,《연암이 나를 구하러 왔다》

박지원보다 박지원을 더 잘 아는 친구 이희천이 죽었을 때 박지원이 택한 방법은 바로 방에 틀어박히는 것이었다. 그는 방에 틀어박혀 나오지 않았다. 일체의 사회생활을 거부하거나 무시하고, 방에 틀어박혀 오로지 자신과 대면했다. 밤에도 깨어 있고, 밥도 입에 넣지 않으며, 제 마음만 들여다봤다.

아직 이해하기 어렵겠으나 들어가 처박힐 방이 있다는 건 때론 축복이다. 그래서 나는 네가 너무 빨리 방에서 나오지 않기를 바란다. 들어간 김에, 처박힌 김에 깊은 우물 같은 방에 머물며 스스로와 대면하기를 바란다. 박지원처럼! 숲에서 나오지 않는 사나운 호랑이처럼!

되도록 밖에 나가지 말아야겠다. 그게 내게 이로울 것 같다. 잘하느니 못하느니 하는 말을 듣지 않아도 되고, 촌스러운 내 모습을 보지 않아도 되고, 재주와 지혜가 없는 내 몸과 마주치지 않아도 되니 말이다. … 그저 숲에서 나오지 않는 사나운 호랑이가 되어야 할 따름이지. ★유만주, 호랑이, 《흠영》

숲에서 나오지 않는 사나운 호랑이란 현실에선 아무런 의미도 없다. 골목을 어슬렁거리는 들개 한 마리가 사람들에게 더 위협적일 것이다. 그렇지만 가슴속에 호랑이를 담은 사람과 들개를 지닌 사람은 다르다. 왜냐하면 호랑이는 호랑이고 들개는 들개니까. 남들이 뭐라 하건 그 사실은 결코 변하지 않는다.

　　　　　▼ 내 마음이 유독 아팠던 이유

6장 함께 살아가는 세상

이제 우리는 아무 말도 하지 않았다.

서로 마주 보며 그냥 웃었다.

우리가 왜 그랬는지는 잘 모르겠다.

★이덕무, 마주 보며 웃다,《청장관전서》

너랑 노는 게
제일 좋아

처마에는 비가 부슬부슬 내리고, 향로에선 가느다란 향이 피어오르지. 두세 명 친구와 저고리 벗고 맨발 차림으로 편히 앉아 연근, 참외 나눠 먹으며 온갖 걱정을 씻어 버리는 중이지. 자네도 어서 와! 사자 같은 마누라님이 으르렁거려 자네 얼굴을 겁먹은 고양이 꼴로 만들겠지만 절대 늙은 홀아비처럼 움츠리지 말 것! 하인에게 우산을 보냈으니 가랑비에 젖을 일은 없겠지. 서둘러 와! 자주 있는 일도 아니니 괜한 후휫거리 만들지 말고! ★허
균, 내게 와! 《성소부부고》

시도 때도 없이 보고 싶은 사람이 있다. 어제 보았는데 또 보고 싶고, 점심에 만났는데 날이 어두워지기도 전에 또 만나고 싶은 사람. 이럴 때 곧바로 찾아가 만날 수 있는 사람이 바로 친구다. 미리 연락을 해도 좋고 그냥 불쑥 찾아가도 좋다. 민망

해할 이유 따위는 없다. 진짜 친구라면 바쁘다고 거절할 리도 없고 왜 또 왔느냐고 따져 묻는 일도 없을 테니까.

허균에게 이재영도 그런 친구였다. 공주 목사로 발령받은 허균은 채 한 달을 견디지 못하고 이재영을 불러들이는 편지를 썼다.

큰 고을의 수령이 되었는데 우연인지 필연인지 자네 집과 참 가까워. 어머니 모시고 이리로 와. 내 봉급의 반을 털어 대접할 테니 뭐 먹고 사나 하는 시시한 걱정 따위는 할 것도 없어! ★허균, 내 봉급의 반, 《성소부부고》

허균은 명문가의 자손이었다. 아버지와 형들은 정계 실세 중의 실세였다. 누나는 허난설헌이다. 그런데 이재영은 서얼이었다. 내세울 것 전혀 없는 존재였다. 사회 통념으로 보자면 허균과 이재영은 어울리지 않는 친구였던 것! 허균의 입장에서 보자면 신분이 달랐기에 그와 사귀었다간 엄마한테 혼쭐이 날 사람이었던 것!

그러나 허균은 허균이다. 《홍길동전》의 저자답게 남들이 뒤에서 수군대는 말 때문에 자기가 하고 싶은 일을 그만둘 사람이 아니다. 별 고민도 없이 그저 자기 뜻대로 하고 보는 사람이다. 허균은 이재영에게 다른 사람의 말과 시선 따위는 조금도

◆ 진짜 우정이 궁금해?

신경 쓰지 말라고 했고, 자기가 한 말이 진심임을 행동으로 보였다. 허균은 틈만 나면 이재영을 불러 함께 시간을 보냈다. 이유도 다양했다. 비가 오면 비가 온다고, 더우면 덥다고, 바람이 세차게 불면 바람이 세차게 분다고, 구름이 많으면 구름이 많다고 이재영을 불렀다. 물론 이재영은 단 한 차례도 그 초대를 거절하지 않았을 테고!

4년 전의 일이다. 나는 성북의 제자원에서 세 친구들과 함께 진사 시험 공부를 했다. 하지만 우린 누군가 술이나 투호를 가져오면 늙은 소나무가 유난히 아름다운 정원에서 옷을 걷어붙이고 놀았다. 시원한 바람이 부는 관사에서 더위를 식히며 신나게 농담을 주고받았다. 그 50일 동안 지은 시가 모두 32편이었다. 4년이 지났다. 나와 또 다른 친구는 진사가 못 되었다. 다른 친구 2명도 세상에서 자리 잡지 못하고 여기저기 떠돌아다닐 뿐이다. 서울에 있는 내가 장소를 잡아 모임을 주선하고 싶지만 아직 그러지 못하고 있다. ★남공철, 제자원의 추억, 《금릉집》

20대 초반의 청년 넷이 진사 시험 준비를 핑계로 제자원이라는 곳을 거처 삼아 함께 공부하고 함께 잠을 잤다. 뜻은 참 좋다! 그러나 친한 친구 여럿과 머리 싸매고 공부하는 일은 생각처럼 쉽지만은 않다. 한 사람이 좀 놀자, 하고 선동하면 나머지는 처음엔 주저하다가도 결국은 따르게 되어 있다. 그 뒤론 정해진 길이다. 공부로 채워져야 할 하루는 어느 순간부터 놀이와 수다와 농담으로 대체된다. 혼자였다면 양심의 가책이라도 느꼈겠지. 그러나 친구들이 곁에 있으니 죄의식은 분산되고 희석되어 결국은 아침 안개처럼 사라진다. 물론 땡땡이엔 대가가 뒤따른다. 남공철과 친구들이 죄다 낙방했듯.

쓸쓸하냐고? 그렇다. 남공철의 글에 따르면 4년이 지나도 진사가 된 사람은 없었다. 가까웠던 친구들은 뿔뿔이 흩어져 얼굴 보기도 힘들게 되었다.

쓸쓸하냐고? 그렇지 않다. 왜냐고? 한번 생각해 보자. 남공철이 이 글을 쓴 이유는 뭘까? 과거의 잘못을 반성하기 위해? 새 인간이 되기 위해? 난 그렇게 생각하지 않는다. 그랬다면 문투는 더 신랄했겠지. 하지만 글은 따뜻하기만 하다. 왜? 남공철은 그리움을 견디지 못해 이 글을 썼기 때문이다.

어느덧 20대 중반이 된 남공철은 자신의 일생에서 4년 전 그때처럼 아무 생각 없이 친구들과 놀던 일은 다시 찾아오지 않으리라는 사실을 절감했다. 친구들과 함께 농담하고 땡땡이 치며 뒹굴 수 있는 시간은 이미 지나가 버렸다는 사실을 뼈아프게 깨달았다. 그러니 내 결론은 놀자! 또 놀자! 친구와 그냥 노닥거리자! 땡땡이를 치자! 지금은 지금이고 나중은 나중이

◆ 진짜 우정이 궁금해?

우린 제법 잘 통해

나의 한 글자 10

우린 제법 잘 통해

초판 1쇄 발행 2023년 10월 27일

지은이 설훈
그린이 신병근
펴낸이 이수미
기획 이미혜
편집 김연희
북 디자인 신병근, 선주리
마케팅 김영란, 임수진

출력 국제피알 종이 세종페이퍼 인쇄 두성피엔엘 유통 신영북스

펴낸곳 나무를 심는 사람들
출판신고 2013년 1월 7일 제2013-000004호
주소 서울시 용산구 서빙고로 35 103-804
전화 02-3141-2233 팩스 02-3141-2257
이메일 nasimsabooks@naver.com
블로그 blog.naver.com/nasimsabooks
인스타그램 @nasimsabook

ⓒ 설훈 2017, 2023
ISBN 979-11-93156-10-0 (44810)
        979-11-86361-59-7 (44080) (세트)

일러두기
옛사람의 글은 대부분 부분적으로만 인용했으며 읽기 좋도록
많은 부분을 손보았다. 제목은 대부분 새로 붙였다.

니까. 그럴 때 친구가 가까이 없다면 놀리는 편지라도 써 볼 일이다. 추사체의 창시자 김정희처럼.

말안장에 볼깃살이 벗겨지는 고통을 겪었다면서? 걱정을 많이 한다네. 혹시 크게 다치지는 않았는지? 흐흐, 따지고 보면 자업자득이야, 내 말을 듣지 않고 경거망동을 했으니. 상처 크기에 맞게 사슴 가죽을 자르고 밥풀로 붙이면 빨리 낫는다네. 중의 가죽과 사슴 가죽이 한판 붙어 보는 거지. 다 나으면 곧바로 몸을 일으켜 내게로 다시 와.   ★김정희, 초의에게, 《완당전집》

친구가 가까이 있다면 무작정 찾아가 볼 일이다. 친구와 함께 바닥을 뒹굴며 함께 낮잠이라도 자고 볼 일이다. 늘 외로워 보였던 남자 박제가처럼.

어떤 때는 친구 집 문을 벌컥 열고 들어가 안부를 묻습니다. 베개를 청하여 온종일 늘어지게 자다가 훌쩍 일어나 떠납니다. 다른 말? 할 필요도 없지요! ★박제가, 친구 집에서 잠을 자다, 《정유각집》

나보다도 더
나를 아는 너!

탄재는 칼을 잘 만들었다. 그가 만든 칼은 날카롭고 가볍기가 일본 칼보다
더 훌륭했다. … 탄재는 벙어리에 귀머거리였다. 다른 사람과 이야기를 주고
받을 수 있는 방법이 없었다. 다행히 고을 아전 가운데 수화 잘하는 사람이
있었다. 그는 수화를 통해 탄재가 하려는 말의 곡절을 다 알아듣고 표현했
다. 아전은 늘 탄재를 따라다니며 통역을 해 주었다. 그런데 그 아전이 탄재
보다 먼저 죽었다. 탄재는 그의 관을 두들기며 하루 종일 개처럼 끙끙댔다.
얼마 후 탄재는 병을 얻어 세상을 떠났다. ★이옥, 탄재 이야기, 《담정총서》

탄재는 칼의 명인이었다. 대가들이 흔히 그렇듯 자존심이
참 강했다. 자기 뜻을 이해하지 못하는 사람을 보면 쇠망치를
들어 머리라도 갈길 것처럼 위협을 했다. 감사의 되지도 않는
명령을 전하러 온 심부름꾼 앞에서는 칼로 자신의 상투를 끊

어 거절의 의사를 확실하게 전했다. 그런 탄재를 순한 양으로 만드는 사람이 있었다. 고을 아전이었다. 비법은 간단했다. 수화(手話)였다. 수화는 손으로 하는 말이다. 탄재에게 수화는 수화(手花)였다. 자신의 속내를 들어주고 전해 주는 아전의 날렵한 손은 봄기운에 활짝 피어난 아름답고 경쾌한 꽃이었다!

아전과 함께 있으면 탄재는 답답할 일이 없었다. 탄재는 전보다 화를 덜 냈고 가끔씩은 웃기도 했다. 그러나 봄은 짧은 법이다. 꽃의 생명은 봄보다 더 짧은 법이고. 바람은 점점 후덥지근해졌고 꽃은 더위에 투항하듯 차례로 졌다. 여름이 오기 전에 아전은 죽었다. 탄재 홀로 여름을 맞았다. 유난히 더운 여름이었다. 탄재는 이듬해 봄의 꽃을 못 보았다. 병을 얻어 죽었다. 더 살고 싶은 마음을 사라지게 만드는 그 우울하고 고치기 힘든 병으로.

아마 너는 이옥을 잘 모르겠지? 탄재 이야기를 세상에 전한 이옥도 사실은 꼭 탄재 같은 사람이었다. 임금은 가볍고 소설 같은 이옥의 글을 유독 싫어했다. 예부터 내려오는 격식에 어울리지 않는 글은 쓰지 말라고 했다. 이옥은 그 말을 듣지 않았다. 계속해서 자기 쓰고 싶은 글만 썼다. 임금이 하늘과 동일시되던 시대였다. 하늘의 뜻을 거스르고 온전히 살아남기란 어려웠다. 전도유망했던 성균관 유생 이옥은 이슬처럼 사라져

◈ 진짜 우정이 궁금해?

갔다. 그렇다. 이슬이다. 새벽에 눈을 뜬 몇몇 사람 말곤 흔적조차 찾아보기 어려웠다는 뜻이다.

그러나 임금이 외면하고 미워했던 이옥의 글은 뜻밖에도 죽지 않고 살아남았다. 이옥보다 더 그의 속내를 잘 아는 친구 김려가 있었기 때문이다. 김려는 이옥의 글을 죄다 모아 자신의 문집에 실었다. 그저 싣기만 한 게 아니라 사람들의 무관심 속에서 외롭게 죽어 간 친구 이옥을 위해 목소리를 높였다.

이옥은 이렇게 말했다. "나는 지금 이 세상을 사는 사람이다. 내 스스로 나의 시, 나의 글을 짓는 것이다. 도대체 옛날 중국의 문장과 시가 나와 무슨 관계가 있는가?" ★김려, 나의 시 나의 글,《담정총서》

김려는 이옥의 말을 옮겨 적었다고 했다. 나는 김려를 의심한다. 내 생각엔 이옥이 가슴속에 담아 두고 밖으로 내뱉지는 못했던 말로 여겨진다. 그 말을 김려가 마음으로 알아들은 거라고 생각하고 싶다.

탄재와 이옥, 김려를 들었으니 이덕무로 넘어가는 것도 좋겠다. 이덕무는 운이 좋은 사람이기도 하고 그렇지 않기도 했다. 이덕무를 이덕무보다 더 잘 아는 친구가 여럿 있었다는 뜻이다. 그 친구들의 앞날이 다들 그리 순탄하지는 못했다는 뜻이다. 백동수가 좋은 예일 터. 당대 최고의 무인이었던 백동수는 신분의 차별(그는 서얼이었다, 꼭 홍길동처럼. 하긴 이덕무도 서얼이었다, 꼭 백동수처럼)과 가난을 견디다 못해 강원도의 깊은 산골짜기로 숨어든다. 자신보다 자신을 더 잘 아는 친구 백동수가 쓸쓸한 얼굴로 서울을 떠나갈 때 이덕무는 과연 어떤 심정이었을까?

그는 예스럽고 소박하고 질박하고 진실한 사람이다. 세상의 화려함 같은 건 바라지도 않고 세상의 간사한 무리들을 따르지도 않는다. 세상 모두가 비방하고 헐뜯어도 그는 자신의 촌스러움을 후회하지 않고 굶주림을 부끄러워하지 않는다. 그야말로 '야뇌'라는 이름에 값하는 사람이다. ★이덕무, 야뇌라는 괴상한 이름, 《청장관전서》

이덕무의 글은 정확히 말하면 백동수가 산골짜기로 들어가기 10여 년 전에 쓴 글이다. 그럼 왜 이 글을 가져왔느냐고? 떠날 때와 비교해 상황이 크게 달랐던 것은 아니라는 걸 먼저 강조하고 싶다. 백동수는 늘 중심에서 소외된 사람이었으니까. 야뇌(野餒)란 백동수가 스스로 지은 이름(자, 字)이다. 야는 촌스럽다는 뜻이고 뇌는 굶주린다는 뜻이다. 촌스럽고 굶주린다? 기이한 이름이 아닐 수 없다. 그랬기에 비난도 많이 들었

◆진짜 우정이 궁금해?

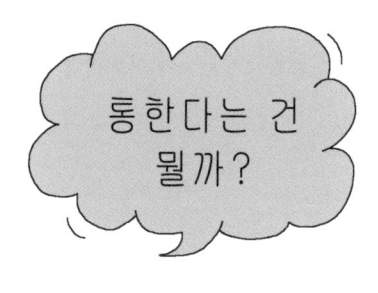

통한다는 건
뭘까?

신라 사람 관기에겐 도성이라는 친구가 있었다. 관기가 도성을 그리워하면 나무들이 도성의 거처 방향으로 일제히 기울어졌다. 도성은 그 나무들을 보고 관기를 찾아갔다. 도성이 관기를 그리워하면 나무들이 관기의 거처 방향으로 일제히 기울어졌다. 관기는 그 나무들을 보고 도성을 찾아갔다.

다들 알다시피 설총의 아버지는 원효대사다. 아버지가 돌아가시자 설총은 아버지를 닮은 소상을 만들어 늘 절을 올렸다. 그러던 어느 날 소상이 설총이 있는 쪽으로 고개를 돌렸다. 그 소상이 웃고 있었는지 울고 있었는지는 모르겠다.

옛사람들이 모두 소통의 달인이었다고 오해할 수도 있겠다. 그렇지는 않다. 그들 또한 불통의 벽 앞에서 한숨을 쉬었고, 누군가와 통하기를 바라며 불면의 밤을 보냈다. 신라 말기 최고의 지성 최치원은 비 오는 가을밤 지금 읽어도 우울하고 쓸쓸한 시 한 편을 지었다.

가을바람에 괴로이 시를 읊는데 세상에는 날 알아주는 벗이 없구나.
깊은 밤 창밖에는 비 내리고, 등불 앞 내 마음은 저만치 먼 곳에.

서얼 문사 박제가는 중국을 다녀온 뒤 개방과 혁신을 역설하는 책 《북학의》를 지었다. 그러나 《북학의》는 철저하게 외면을 받았다. 《북학의》를 썼을 당시 지었던 시를 보면 박제가는 주위의 반응을 미리 예감한 것 같다.

빈방에 함께 할 벗이 없으니 먼 데 꿈 누구와 함께 말하랴.

글씨를 잘 썼던 이광사는 유배지를 전전하다 죽었다. 소통을 그리워했던 이광사는 글씨를 썼다. 온 힘을 다해 쓴 글씨를 바가지에 넣고 단단히 밀봉한 뒤 바다에 띄워 보냈다. 누군가가 자신이 보낸 바가지를 열어 보기를, 자신의 글씨를 보고 감탄하기를 바라고 또 바라면서.
이광사의 일화를 자신의 일기에 적어 두었던 유만주의 호는 통원이었다. 유만주는 호를 지은 이유를 솔직하게 쓴다.

◉ 개정판 서문

나는 성격이 편협하고 꽉 막혀서, 어떤 상황에 대처하거나 사람들 사이에서 처신할 때 대체로 틀에 얽매여 통하지 못한다. 그래서 남들은 내 성격에 문제가 있다고 여긴다. 각고의 노력으로 내 성격을 바꿔 '통'하는 사람이 되고 싶은 마음이 있기에 통원이라는 호를 지은 것이다.

내 이야기 같아 부끄럽다. 고백하자면 나 또한 통하는 사람, 소통하는 사람이 되고 싶다. 어쩌면 이 책이 통하고 소통하는 작은 첫걸음이 될지도 모르겠다.

2023년 10월

설흔

얼마 전, 부암동에 다녀왔다. 안평대군이 한때 살았던 무계 정사의 터를 보기 위함이었다(이유는 묻지 마시길). 결론부터 말 하자면 허탕을 쳤다. 무계정사의 터를 보기는 했다. 그러나 내 가 원하던 방식으로는 아니었다. 무계동 글씨가 새겨진 바위 옆엔 새 건물(아마도 재해석된 무계정사)이 들어섰고, 굴착기는 커다란 주먹을 휘두르며, 때론 괴성도 내지르며 주변을 마구 정리하고 있었다. 오래된 공간의 쓸쓸한 아름다움 같은 건 흔 적도 찾기 어려웠다. 물론 마냥 나쁘게 볼 일만은 아니었다. 공 사가 다 끝나고 나면 멋진 무계정사가 떡 하니 자리 잡고 찾아 오는 사람들에게 손을 쓱쓱 내밀 테니. 그러나 나는 새 무계정 사보다는 빈터를 더 좋아하는 유형의 인간이었다. 그랬기에 돌아오는 길은 제법 쓸쓸했다. 그러나 여정엔 반전이 있었다.

윤동주 문학관을 향해 무심히 걸었는데 길 건너편에서 무언

가가 내 눈을 끌었다. 한문으로 된 현판이었다. 무지개 모양 현판이 낡고 좁은 쇠문 위에 걸려 있었다. '日新又日新(일신우일신)'이었다.

고대 은나라를 세운 탕왕이 세숫대야에 새겨 두었다는 그글, 날로 새롭게, 또 새롭게 하라는 그 글이 부암동 주택가 낡고 좁은 쇠문 위에서 존재감을 자랑하고 있었다. 그럴 리 없겠지만, 내 눈에는 그 현판이 빛나는 것처럼 보였다. 흐린 날인데, 나무로 된 목판인데 반짝반짝 빛나는 것처럼 보였다. 내 마음이 흐뭇해졌다. 부암동에 오길 잘했다는 생각이 그제야 들어서 나도 모르게 박수까지 짝짝 쳤다. 무슨 이야기냐고? 관계는 이런 식으로 세상에 모습을 드러내기도 한다는 것이다.

옛글이 지금 글보다 딱히 더 좋을 이유는 없다. 그럼에도 어떤 글들은 낡기는커녕 여전히 빛이 난다. 되도록 그런 글을 찾아 소개하려 애를 썼다. 아무리 좋아도 옛글만 마냥 늘어놓으면 지루하겠기에 해설 비슷한 글도 썼다. '우리의 한계를 인정하는 겸허함에서 비로소 세상과의 올바른 관계가 시작된다' 하는 식으로.

마지막 당부 하나. 찾기가 만만치 않겠지만 부디 좋은 점만 취해 읽으시길!

차례

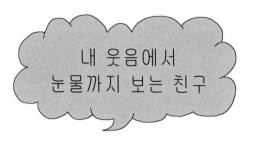

내 웃음에서
눈물까지 보는 친구

한 아이가 친구와 함께 뜰에서 놀다가 귀에서 전에는 들어 본 적 없는 소리를 들었다. 아이는 신이 나서 자랑을 했다.

"야, 이 소리 좀 들어 봐. 내 귀에서 윙윙윙 소리가 나. 피리나 생황 부는 소리랑 비슷한데, 동그스름한 느낌이 꼭 하늘의 별 같기도 해."

친구가 자기 귀를 재빨리 아이 귀에 대 보았다. 친구는 아무 소리도 들리지 않는다고 했다. 아이는 너무 답답해 소리를 꽉 질렀다. 자기한텐 아주 잘 들리는 소리였다. 그 좋은 소리를 자기 친구가 듣지 못한다는 사실이 몹시 안타까웠다. ★박지원, 내 소리를 들어 줘, 《연암집》

우스운 이야기지? 자신만 들을 수 있는 소리인 이명(耳鳴)을 친구에게 들어 보라는 것도 우습고, 아무 소리도 들리지 않는다는 친구의 솔직한 답에 답답해서 소리까지 꽉 지른 것도 우습고. 답답하긴 친구 쪽이 더했겠지. 아니, 답답하고 억울했겠지. 재빨리 귀를 기울였지만 아무런 소리도 못 들었기에 사실대로 말했을 뿐이다. 그런데 아이는 배신이라도 당한 사람처럼 길길이 날뛰고 있으니 말이야.

우리가 보기에 화를 내야 할 사람은 오히려 친구 쪽이다. 이명이란 어차피 남이 들을 수 없는 소리인 법. 그래서 우리나라 최고 권위를 자랑하는 표준국어대사전에도 '몸 밖에 소리의 근원이 없는데도 잡음이 들리는 병적인 상태'라고 똑똑히 적혀 있는 것이다.

하지만 나는 아이 편을 들고 싶다. 아이를 지지하고 싶다. 왜냐고? 답하기 전에 먼저 너에게 묻고 싶다. 네 이명을 못 듣는 친구에게 화가 난 적이 정말 단 한 번도 없느냐고.

아이가 화를 낸 이유는 기본적으로는 이명이라는 현상에 무지해서이지만 다른 이유도 있다. 별 고민도 않고 아무 소리도 들리지 않는다고 떡하니 말해서 자신을 답답하게 만든 사람이 바로 자기의 친구이기 때문이다. 아침부터 저녁까지 늘 함께 붙어 지내는 둘도 없는 친구이기 때문이다. 그게 왜 문제냐고? 아이 기준에서의 단짝 친구는 들을 수 없는 소리까지도 다 들어 주는 존재여야 하기 때문이다!

스스로에게 물어보자. 들을 수 없는 소리란 도대체 무엇일

◆ 진짜 우정이 궁금해?

까 하고. 나는 이렇게 생각한다. 내 입으로 아직 꺼내지 않았기에 마음속에만 있는 소리, 무작정 말을 꺼내기는 했으나 도무지 앞뒤가 맞지 않는 소리, '그러니까' 혹은 '아니 그게 아니고' 같은 모호한 도입부만 내놓곤 느닷없이 끝난 소리, 혹은 짧은 한숨, 먼 산 바라보기, 허무한 웃음, 억지웃음, 숨죽인 울먹임 등이 바로 들을 수 없는 소리다. 그렇기에 아이는 친구라면 당연히 그 소리들을 들을 줄 알아야 한다고 주장한 것이다. 그렇기에 아이는 그 소리들을 듣지 못한 친구에게 당당하게 화를 낼 자격을 갖는다.

억지스럽기가 꼭 아이 같다고? 비판 정신은 중요하지만, 아이의 요구와 내 주장이 부당하지 않음을 뒷받침하는 사례는 제법 있다. 지음(知音)이라는 단어를 살펴보자. 어려울 것은 없다. 말 그대로 음을 안다는 뜻이니까. 백아와 종자기의 이야기다. 백아의 거문고 연주를 제대로 이해하는 사람은 종자기가 유일했다는 뜻이다. 다른 이들이 들리는 소리만 대충 듣고 '그저 그러네' 했다면 종자기는 들리지 않는 소리까지도 다 듣고는 '끝내주네'라고 감탄했다는 뜻이다. 백아가 종자기를 소중히 여겼던 건 당연한 일! 그랬기에 백아는 종자기가 죽자 자신의 거문고를 박살 내 버린 후 다시는 연주하지 않았다. 그 장면에 대한 묘사로는 박지원의 글만 한 것이 없다.

종자기가 죽었다. 백아는 거문고를 끌어안고 한탄했다. 이제 나는 누구를 위해 연주해야 하나? 내 연주를 들을 사람은 어디에 있나? 허리춤에서 칼을 뽑아 단번에 줄을 끊었다. 쩽 소리가 요란했다. 그건 시작에 지나지 않았다. 백아는 자르고, 끊고, 던지고, 부수고, 박살 내고, 짓밟고, 아궁이에 쓸어 넣어 불에 태웠다. 그제야 겨우 성에 찼다. 스스로에게 물었다.

"속이 시원하냐?"

"시원하다."

"울고 싶으냐?"

"울고 싶다." ★박지원, 백아가 거문고를 파괴한 사건,《연암집》

나는 백아에게서 아이의 모습을 본다. 제 이명을 듣지 못한다고 화를 내던 아이 말이다. 다른 사례 하나를 더 들어 볼까? 홍길주는 자기보다 먼저 죽은 친구 정세익을 회상하며 다음과 같이 썼다.

젊은 시절 정세익과 나는 붓과 벼루를 함께 쓰고 잠도 같이 잤다. 몇 년을 그렇게 살았다. 우리는 서슴없이 농담을 주고받으며 서로를 둘도 없는 친구로 여겼다. 올해 정세익이 죽었다. 시를 지어 곡하면서 그와 나눴던 농담들을 대략 옮겨 적었다. 백에 하나도 제대로 적을 수 없었다. 문자로는 도저히 표현할 수 없는 것들이 대부분이었다. 설령 풀어서 이야기해 줘도 남들은

◆진짜 우정이 궁금해?

도무지 무슨 말인지 이해하지도 못하리라. ★홍길주, 나와 정세익, 《수여방필》

홍길주에게 정세익은 언제나 자신을 웃게 만드는 친구였다. 그러나 정세익의 유쾌한 농담은 지구, 아니 우주에서 단 한 명, 홍길주에게만 먹혔다. 남들에겐 우스갯소리가 아니라 해독 불명의 언어였던 것! 그래서 홍길주는 두 번 마음이 아팠다. 친구가 먼저 죽어서 화가 났고, 문자로는 전할 수 없는 친구의 농담에 속이 상했다. 나는 홍길주를 이해한다. 정세익의 농담은 결국 전할 수 없는 이명이며 지음이었던 것! 그러니 백아의 거문고처럼 완벽하게 부서져서 사라져 버리게 되는 것!

우정이라는 것이 영원할 수 없는 법이기는 하지. 정세익과 종자기가 죽자 홍길주와 백아는 고아처럼 홀로 남게 되었으니까. 그렇기는 해도 내 이명, 아니 아직 말하지 않은 마음속 말까지 들어 줄 수 있는 친구가 내 곁에 머물렀다는 건, 아름답고 행복한 일이다. 남들이 아무리 뭐라 해도 말이다.

우리는 책을 펼쳐 놓고 여러 주제에 대해 거리낌 없이 이야기를 주고받았다. 둘의 마음이 움직이는 곳을 만나면 함께 슬퍼하고 함께 기뻐했다. 시간이 조금 더 지났다. 이제 우리는 아무 말도 하지 않았다. 서로 마주 보며 그냥 웃었다. 우리가 왜 그랬는지는 잘 모르겠다. ★이덕무, 마주 보며 웃다, 《청장관전서》

비밀을 하나 더 알려 줄까? 이명을 들어 주고 음악을 알아주고 농담에 웃어 주는 우정에는 '침묵'이 선물처럼 찾아온다는 사실! 이때의 침묵은 할 말이 없을 때의 애매하고 쑥스러운 침묵이 아니라 초코파이 광고에 나오는 노래처럼 '말하지 않아도 아는' 이심전심의 기분 좋은 침묵이라는 사실! 그랬기에 홍길주는 정세익과의 우정을 회상하며 '우리 두 사람은 말을 넘어서 만났다'고 최후의 결론처럼 덧붙였지! 물론 아무나 누릴 수 있는 경지는 아니다!

보고 싶다,
친구야

이번 유람에는 사람도, 도구도 별로 필요하지 않아요. 산처럼 기이하고 빼어난 두 가지 친구만 있으면 그만이랍니다. 소매 속에 넣어 갈 원굉도의 책 한 권이 첫 번째 친구이고, 신선, 부처의 기운과 자연을 유난히 좋아하는 취미 면에서 백 년 전 원굉도와 꼭 닮은 그대가 두 번째 친구입니다. 둘 중 어느 쪽도 빠뜨릴 수 없어요. ★신정하, 책과 그대, 《서암집》

좋아하는 친구가 마음을 몰라줄 때가 있다. 그럴 땐 조금은 지나치다 싶게, 그러니까 부끄러움 따위는 다 접어 두고 진솔하게 마음을 드러내는 게 필요하다.

그런 면에서 신정하가 신무일에게 보낸 편지는 참고할 만한 모범 답안이다. 신정하는 에두르지 않고 곧바로 본론을 내민다. 유람 길에 필요한 것은 책 한 권과 너뿐이라고!

친구를 책 한 권과 같은 급으로 취급하는 태도가 책을 그다지 좋아하지 않는 사람에겐 잘 와 닿지 않을 수도 있겠다. 그러나 신정하가 사랑한 책의 저자인 원굉도는 보통 사람이 아니다. 지금 작가로 예를 들자면 무라카미 하루키 정도는 되는 인물이다(이 사람의 이름 정도는 들어 봤을 것이다). 무라카미 하루키의 세련된 도회적 감각과 기존 체제에 대한 개인주의적 반항정신은 원굉도의 글에서도 어렵지 않게 찾아볼 수 있다. 그때는 그런 작가가 드물었기에 원굉도는 조선 후기 내내 최고의 인기 작가였다.

신정하는 자신의 친구를 원굉도와 같은 급으로 취급하는 게 아니라 대우하고 있는 것이다! 신무일이 과연 원굉도와 동급의 인물인지는 하나도 중요하지 않다. 신정하가 친구를 그렇게 소중하게 여기고 있다는 사실, 그 마음을 친구에게 솔직하게 표현하고 있다는 사실이 가장 중요하다.

철옹에 나그네로 머문 지 석 달이 되었다. 어느 날 유득공이 편지를 보냈다.

"그대 있는 곳 서쪽에 묘향산이 있다는 사실을 잊지 말도록."

나는 그에게 답장을 보냈다.

"이제 더위는 물러갔고 단풍철이 오기를 기다리고 있지."

◈ 진짜 우정이 궁금해?

이덕무도 내게 시를 한 편 보냈다.

"단풍이 한창일 때 묘향산을 구경하도록. 다 봤으면 빨리 돌아와 내 그리움도 달래 주고!" ★박제가, 묘향산 기행, 《정유각집》

박제가가 장인을 따라 영변 철옹성(철옹성 같다고 할 때의 그 철옹성이다)에 머물 때 쓴 글이다. 유득공과 이덕무가 앞다투어 그리움을 표현하는 편지를 보냈다. 두 편지 중 내 눈길을 더 끄는 건 당연히 이덕무의 편지다. 유득공의 편지엔 그리움이 행간에 적혀 있으나 이덕무의 편지엔 아예 그리움이 편지지로 사용되었다. 친구가 가끔 멀리 떨어진 곳에 있는 것도 나쁘지 않겠다는 느낌까지 든다. 늘 곁에 있을 때는 할 수 없었던 진한 말을 그리움을 빌미로 솔직하게 털어놓을 수 있기 때문이다.

그리움이 좋은 향처럼 묻어 있는 친구들의 편지를 차례로 받은 박제가는 꽤나 흐뭇했겠지. 울컥하는 마음이 불쑥 튀어나와 당황하기도 했겠고. 그걸 어떻게 아느냐고? 얼마 후 친

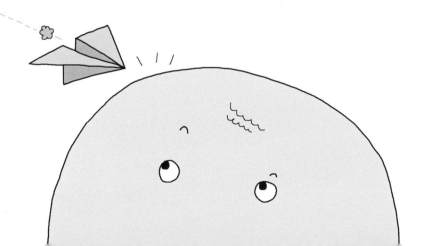

구들의 조언대로 묘향산 구경을 떠난 박제가는 보현사라는 고찰에 머물며 편지 한 통을 쓴다. 받는 사람의 이름이 글에는 등장하지 않는 게 흥미롭다. 박제가는 '그저 친구에게 부치는 편지를 썼다'고만 적었다. 편지 내용의 일부를 소개한다. 과연 이 편지의 수신인이 누구인지 짐작해 보는 것도 재미있겠지.

외로운 등불 쓸쓸한데 범패 소리 들려온다. 샘물은 졸졸 떨어진다. 나무는 쏴 하고 운다. 지는 달빛은 뜰에 가득하고, 누각 혼자 쓸쓸히 섰다. 나는 홀로 앉아 고독한 상념에 빠진다. ★박제가, 묘향산 기행, 《정유각집》

꼭 말로만 마음을 표현해야 하는 것은 아니다. 도저히 얼굴 뜨거워서 못 하겠다면 몸으로 보이는 방법도 있다.

평생 사귄 옛 친구들은 모두 멀리 있었다. 편지도 소식도 드물었다. 땅거미가 어둑해진 어느 저녁, 나는 혼자서 서글프게 방구들을 데웠다. 갑자기 밖에서 문을 열고 들어오는 사람이 있었다. 그 사람은 내게 몸은 괜찮은 거냐고 물었다. 그건 바로 김기상의 목소리였다. 곧바로 촛불을 켜고 마주 앉았다. 그때의 기쁨과 즐거움과 감격이란! ★성해응, 연락도 없이 찾아온 친구, 《연경재전집》

내가 경험하기로, 몸이 아플 때 홀로 있는 것보다 더 외로운 경우는 별로 없다. 성해응이 그랬다. 몸도 아픈데 찾아오는 이도 없었다. 그래서 더 외로웠다. 바로 그 순간 누군가의 목소리가 들렸다. 어릴 적부터 알고 지내던 오랜 친구가 연락도 없이 찾아왔다. 성해응은 결코 요란을 떠는 유형의 사람은 아니지만 그 순간만큼은 가만히 있기가 어려웠다. 기쁘고 즐겁고 감격스러운 마음을 도무지 숨길 수가 없었다. 자기랑 비슷한 진중한 친구가 갑자기 몸으로 보인 행동이 샌님 성해응마저 흥분시킨 것! 그래서 곧장 이렇게 적었다. '슬픔은 사라지고 병은 나아졌다.'

마지막으로 너를 웃게 만들 정약용의 편지 한 통을 덧붙인다. 정약용이 색성이라는 스님에게 보낸 편지다. 대학자 정약용의 어린애 같은 질투를 눈여겨보길.

내 편지를 받고서도 여태 미황사에 머물고 있다 이거지? 절에서 주는 술과 국수는 중요하지만 이 늙은이가 보내는 편지는 가볍다 이거지? 길을 지나면서도 들르지 않고, 편지에도 답장을 안 보내고, 이사한다고 하면서도 다시 눌러앉아 고작 한다는 말이 '새해에 뵈었으면 좋겠습니다'뿐이라 이거지? 이 같은 고승을 내가 어찌 다시 만날 수 있겠는가? 당신 마음대로 하시게. 이만 줄임. 과거의 사람이 보냄. ★정약용, 이미 과거가 된 사람이, 《다산간찰첩》

을 것이다. 그러나 이덕무는 백동수가 왜 좋은 이름 다 제쳐 두고 하필 그런 험한 이름을 선택했는지 안다. 백동수의 속내를 백동수보다도 더 잘 안다. 그러고 보면 이덕무 또한 친구를 친구 스스로보다 더 잘 아는 사람이기도 했다. 하긴, 그렇기에 이덕무 곁엔 이덕무를 그 자신보다 더 잘 아는 좋은 친구들이 여럿 있었던 것일 터.

그러나 나보다 더 나를 잘 아는 친구를 만나고 우정을 지속하기란 실은 매우 어렵다. 탄재와 이옥이 죽고 백동수가 떠난 것도 그래서였을 것이다. 그렇다고 그런 친구 만나기를 포기할 수 있을까? 나에 대해 잘 모르는 이들 사이에서 아무렇지도 않은 척 살아갈 수 있을까? 강심장에 철면피가 아니고서는 그럴 수 없는 법. 그래서 이덕무는 또 다른 글을 썼다. 좋은 친구를 찾고 싶은 열망을 잔뜩 담아서.

나를 알아주는 단 한 사람의 친구를 얻으면 나는 조금도 망설이지 않고 10년 동안 뽕나무를 심을 것이다. 1년 동안 누에를 길러 내 손으로 오색실을 물들일 것이다. 열흘에 한 가지 빛깔씩 물들이면 50일에 다섯 가지 빛깔을 물들일 수 있으리라.

그 오색실을 따뜻한 봄볕에 내놓고 말린다. 여린 아내에게 부탁해 백 번 달군 금침으로 친구의 얼굴을 수놓게 한다. 고운 비단으로 장식하고는 옛 느

껌이 나는 옥을 달아 축을 만든다. 뾰족하고 험준한 산과 세차게 흐르는 물 사이에 펼쳐 놓고 말없이 바라본다. 해가 지면 다시 품에 안고 집으로 돌아온다. ★이덕무, 단 한 사람의 친구, 《청장관전서》

　나보다 더 나를 잘 아는 친구를 지기(知己)라고 한다지. 지기가 없다고? 그래서 외롭다고? 지기가 나를 발견할 때까지 마냥 기다릴 수는 없는 일이다. 노느니 나무를 심어 보기라도 하자. 그것도 아니면 세상에 대고 소리라도 질러 보기로 하자. 그 대답에 응답하는 소리를 기대해 보기라도 하자.

◈ 진짜 우정이 궁금해?

3장

누가 뭐라든
오직 '나'

도망간 ‘나’를
잡으라고?

지금 나는 유리창 안에 홀로 외롭게 섰다. 내 옷과 갓은 천하의 사람들이
알지 못하는 것이다. 내 용모는 천하의 사람들이 처음 보는 모습이다. 반남
박씨? 중국 사람들은 들어 본 적도 없는 성씨겠지.　★박지원, 유리창에서 발견
한 나,《열하일기》

《열하일기》는 조선 최고의 중국 여행기라 불리는 책이다. 그
러나 나는《열하일기》의 훌륭함에 대해 길게 말할 생각은 없
다. 그거라면 나 말고도 잘 아는 이들이 많이 있을 테니. 내 관
심은 오직 이역만리에서 비로소 박지원이 마주한 ‘나’에 있다.
북경의 유리창은 조선 사람이라면 누구나 가고 싶어 했던 꿈
의 장소였다. 세상의 모든 책과 문구와 고미술품이 다 있는 곳
이라 해도 과언이 아니었다. 해외여행은 처음이었던 박지원도

설레는 마음을 안고 오랜 로망의 장소 유리창을 방문했다. 그런데 온갖 재화와 보물이 가득한 유리창을 정신 못 차리고 돌아다니던 박지원은 뜻밖에도 외로움을 느낀다. 사람들로 붐비는 유리창에서 문득 자기 혼자 서 있는 기분에 사로잡힌다.

나는 박지원이 유리창에서 비로소 자신을 발견했다고 말하고 싶다. 사람들로 가득한 장소지만 그곳에 박지원이라는 사람을 아는 이는 아무도 없다. 그가 반남 박씨라는 사실을 아는 이는 더더욱 없다. 그렇기에 그는 홀로 있는 것이나 마찬가지다. 박지원은 자기를 아는 이가 아무도 없으니 '성인도 되고, 부처도 되고, 현인도 되고, 호걸도 된 셈'이라고 호기롭게 적었으나 사실 그 말은 '나는 그 누구도 아닌 나 자신일 뿐이다'라는 말과 다르지 않다. 이제 나는 이렇게 말하려 한다. 이게 바로 시작이라고, 나를 발견하는 게 바로 출발점이라고.

천하 만물 중에 지켜야 할 것은 오직 '나'밖엔 없다. 내 밭을 지고 도망갈 사람이 있을까? 없다. 밭을 지킬 필요가 없다는 뜻이다. 내 집을 지고 도망갈 사람이 있을까? 없다. 집 또한 지킬 필요가 없다는 뜻이다. 정원의 나무들을 뽑아 갈 사람이 있을까? 없다. 나무뿌리는 땅속 깊이 박혀 있다. 성현의 경전? 세상에 널리 퍼져 있어 물과 불처럼 흔하다. 없애려야 없앨 수가 없다. 누군가 내 옷과 양식을 훔쳐 나를 곤란에 빠뜨린다? 천하의 실이 모두 내 옷이 될 수도 있고, 천하의 곡식이 모두 내 양식이 될 수도 있는 법이다. 도둑이 훔쳐 간다고 해도 한둘에 지나지 않는다. 어떤 도둑이 천하의 옷과 곡식을 모두 훔치겠는가? 답이 나왔다. 천하 만물 중 목숨 걸고 지킬 만한 건 '나' 말고는 없다. ★정약용, 나를 지키는 집, 《여유당전서》

정약용의 글이다. 나를 나답게 한다고 믿었던 것들, 예를 들면 집과 옷과 책과 곡식 같은 것들이 다 없어져도 아무 상관도 없다는 것이다. 그것들은 없애기도 힘들 뿐만 아니라 없어졌다 해도 다시 얻을 수 있는 것들이다. 그것들에 연연할 이유가 없다는 뜻이다. '나'는 그렇지 않다. '나'가 사라지면 나는 더 이상 '나'가 아니게 된다. 그러니 나를 꼭 붙잡으라고, 도망쳤으면 쫓아가서라도 잡아 오라는 것이 이 글의 내용이다. 뻔한 소리라고 할지 모르겠다. 국정 교과서에나 실릴 법한 재미없는 글이라고 말할지 모르겠다. 박지원의 통찰력 넘치는 글과 비교해 보면 단순하고 재미가 덜한 건 사실이다. 교장 선생님의 잔소리처럼 들리는 것도 사실이다. 그러나 이렇게 생각해 보면 어떨까? 우리의 삶이라는 것도 뻔한 것이다. 늘 깨달음이 극적인 순간에 찾아오지는 않는다. 그저 평범한 하루의 연속이며 조그만 깨달음이 여진처럼 계속 이어질 뿐! 어쨌건 정약용과 박지원의 깨달음은 동일하다.

인적도 없는 깊은 우물 바닥에 웅크리고 앉아 울먹이는 너를 꺼낼 방법은 오직 하나밖에 없다. 너 스스로 나오는 것!

진부한 글이라 몰아붙였으나 정약용의 조언은 경청할 만하다. 왜? 정약용이야말로 '나라는 존재를 허투루 간수했다가 잃어버린 사람'이기 때문이다. 정약용처럼 높낮이가 심한 롤러코스터에 올라탔던 이는 쉽게 찾아보기 힘들다. 20대 중반의 이른 나이에 과거에 급제해 관리가 된 후 정약용은 탄탄대로를 달렸다. 그의 표현대로 '미친 듯 바쁘게 돌아다니며 12년을 보냈다.' 그를 막아설 것은 없어 보였다. 성공만이 유일한 길일 것 같았다. 그러나 하강은 하루아침에 시작되었다. 정조가 죽은 후 그는 대역 죄인이 되어 18년의 유배 생활을 하게 된다. 차라리 추락에 가까운 하강은 정약용을 경악하게 만들었고 분노하게 했을 것이다.

마침내 우물 바닥에 홀로 처박혔을 때는 죽고 싶은 심정이었을 것이다. 그러나 그는 유배지에서 죽지 않았다. 한 손, 또 한 손을 뻗어 우물을 빠져나왔다. 그러는 데는 18년이 걸렸다. 달아나려던 '나'를 꽉 붙잡았기에 가능한 일이었다.

오래 떠나 있자 돌아갈 마음이 생겼다. 잠에서 깨면 해가 뜨는 것과 같았다. 훌쩍 몸을 돌이켜 보니 나는 벌써 옛집에 돌아와 있다. 보이는 광경은 전

◉ 누가 뭐라든 오직 '나'

과 다를 바 없지만 몸의 기운은 맑고 평화롭다. 차꼬를 벗고 형틀에서 풀려나니 꼭 오늘 새로 태어난 느낌이다. ★이용휴, 나에게로 다시 돌아가자, 《탄만집》

이용휴의 글이다. 오랜 세월 우물 바닥에서 방황하다가 마침내 우물을 벗어나 다시 '나'를 되찾은 사람의 기쁨을 묘사하고 있다. 마지막에는 하늘에 멋진 다짐을 하기도 한다.

이 한 몸 다 마치도록 나 자신과 더불어 살겠습니다. ★이용휴, 나에게로 다시 돌아가자, 《탄만집》

좋은 글이다. 아름다운 글이다. 그러나 도인 같은 글이기도 하다. '훌쩍 몸을 돌이켜 보니 나는 벌써 옛집에 있다'는 건 아무나 따라 할 수 있는 행동, 혹은 마음가짐이 아니다. 비유하자면 어두컴컴한 우물 바닥에서 원래 살던 밝은 집으로 순간 이동했다는 뜻이다. 한순간에 괴로움을 싹 잊고 일상으로 복귀했다는 뜻이다. 그런 능력은 아무나 갖고 있는 게 아니다. 그러니 이 글은 그저 이렇게만 받아들이는 게 좋겠다. '나'와 더불어 사는 최상의 경지를 묘사한 글이라고 말이다.

눈 오는 아침, 비 오는 저녁에 다정한 친구 한 명 나를 찾아오지 않는다면 누구와 이야기를 나누어야 할까? 시험 삼아 내 입으로 소리 내어 글을 읽었다. 내 귀가 들어 주었다. 내 손으로 직접 글을 썼다. 내 눈이 보아 주었다. 무슨 소리냐고? 나 자신을 친구로 삼은 것이다. 그러니 도대체 무슨 원망이 있겠는가? ★이덕무, 나 자신과 친구 하기, 《청장관전서》

이덕무의 글이다. 친구 하나 찾아오지 않는 외로움을 책을 읽고 글을 쓰며 달래고, 되찾은 '나'를 친구 삼아 '사나흘' 정도는 충분히 홀로 보낼 수 있을 것 같다. '사나흘'이라는 단어를 특별히 골라 쓴 것에 주목해 주었으면 한다. 무슨 뜻인가? '나'를 발견했다고 해서, '나'를 친구 삼았다고 해서, 영원히 자신만 바라보며 살 수는 없다는 뜻이다. 다시 세상으로 나아가야 한다는 뜻이다. '나'를 찾았으면 다시 한번 세상으로, 나를 내쳤던 세상으로 나아가야 한다는 뜻이다.

나를
만나는 법

　　남에게 놀림을 받으면서도 도무지 이유를 모르는 사람들이 있다. 자기에 대해 잘 모르기 때문이다. 그런 사람들의 공통점! 재주와 능력은 부족하면서 자부심은 쓸데없이 강하다. 그래서 놀림을 받는 것이고. 자신이 어떤 유형의 인간인지 파악할 수 있는 방법이 있다. 다른 사람의 식견을 살피거나 문장을 읽어 보는 것이다. 나보다 낫다는 생각이 드는가? 나에게 그만큼의 식견과 문장이 갖춰져 있다는 뜻이다. 나보다 못하다는 생각이 드는가? 나에게 그만큼의 식견과 문장이 갖춰져 있지 않다는 뜻이다. ★홍길주, '나'라는 인간의 됨됨이, 《수여방필》

　　나는 홍길주에게 동의할 수밖에 없다. 그렇다. 관계가 망가지는 첫 번째 이유는 내가 나 스스로를 너무 높게 보기 때문이다. 그렇기에 다른 사람을 나보다 낮춰 보게 되는 것이다. 내

속으로만 한 생각이니 아무도 모르지 않겠느냐고? 세상에 비밀은 없다. 그러한 마음은 자기도 모르는 사이에 겉으로 드러나게 되어 있다. 내 오만에 상처 입은 이들이 하나둘 떠난다. 그러면 남는 건 결국 나 혼자뿐이다. 우물 바닥에 홀로 웅크리고 앉아 눈물 흘리는 나 혼자뿐이다. 그렇다고 비관할 필요는 없다. 바닥의 좋은 점은, 더 내려갈 곳이 없다는 거다.

이때가 갈림길이다. 영원히 우물 안 개구리로 살지 우물 밖으로 나올지는 나의 선택에 달려 있다. 홍길주의 글이 바로 그 첫 번째 발걸음이다. 남의 가치를 인정하는 것!

머릿속에 '나'에 대한 생각만 있으면 남이 보이질 않는다. 머리를 조금만 비우면 곧바로 남의 모습이 나타난다. 그때 보는 남의 모습은 놀랍다. 내가 무시하고 하찮게 여겼던 이들이 사실은 멋지고 괜찮게 보인다. 어쩌면 그들은 내 스승이 될 수도 있었다. 내가 무시한 그들은 늘 내게 손을 뻗어 주었던 고마운 사람들이었다.

처음 글을 쓰던 시절 나는 내 글이 박지원의 글보다 훨씬 낫다고 여겼다. 그 뒤로 생각이 바뀌었다. 내가 그보다 못하다는 사실을 조금씩 깨닫게 되었다. 나는 섬으로 귀양 간 뒤에야 비로소 인정했다. 도저히 그의 글에 미칠 수 없다는 사실을! 자신의 공부가 진전된 후에야 비로소 다른 작가의 글에서 그 고민의 흔적을 알아보게 되는 법이다. ★박종채, 깨달음, 《과정록》

박지원의 아들 박종채는 아버지의 이름을 높이기 위해 이익모의 사례를 인용한다. 그러나 나는 이익모의 깨달음에 더 마음이 간다. 이익모의 깨달음은 홍길주와 비슷하다. 다른 사람의 '고민의 흔적'을 알아보게 되었다는 문장은 꽤 아름답다. 나만 아프고 외로웠던 게 아니라는 깨달음이 담겨 있다. 그렇게 우리는 우물 바닥에서 또 다른 사람을 만난다. 함께 울고 손잡아 줄 수 있는 나와 닮은 또 다른 사람을 만난다. 이제 다 되었다. 여기에 이르렀으면 우물에서 절반은 빠져나온 것이나 다름없다.

나는 거울을 가져다가 나를 비춰 보고, 책을 열어 그분의 글을 읽어 본다. 그분의 문장이 지금의 내가 된다. 내일도 거울을 가져다가 나를 비춰 보고, 책을 열어 그분의 글을 읽어 볼 것이다. 그분의 문장이 내일의 내가 될 것이다. 내년에도 거울을 가져다가 나를 비춰 보고, 책을 열어 그분의 글을 읽어 볼 것이다. 그분의 문장이 내년의 내가 될 것이다. ★홍길주, 연암집을 읽다,
《표롱을첨》

이 글은 다음과 같은 문장으로 마무리된다.

"그분의 글은 읽으면 읽을수록 더욱 기이해질 것이고, 내 얼굴은 그분의 글을 닮아 갈 것이다."

홍길주는 박지원을 통해 우물에서 빠져나온 것! 여기서 잠깐 홍길주에 대해 살펴보고 넘어가는 것도 좋겠다. 홍길주의 형은 홍석주인데 그는 좌의정까지 지냈을 정도로 성공적인 관리의 삶을 살았다. 홍길주의 동생은 홍현주인데 정조의 사위였다. 하지만 홍길주는 과거 시험도 포기한 채 백수에 가까운 삶을 살았다. 능력이 부족해서 그랬을까? 아니었다. 다른 이들의 질투를 염려한 어머니가 홍길주만은 평범하게 살기를 간절히 원했기 때문이었다.

◉ 누가 뭐라든 오직 '나'

홍길주는 어머니의 뜻을 따랐다. 집 안에 틀어박혀 글의 세계에 몰두했다. 그렇더라도 그의 마음속엔 펼치지 못한 꿈에 대한 그리움 같은 것이 남았다. 그 그리움은 쉽사리 떨어지지 않았다. 결국 그가 쓴 글은 그 그리움에 대한 특별한 방식의 해소였던 것. 박지원 같은 이들의 글을 읽고 질투하고 부러워하다 마침내 인정하고 그 뒤를 따르겠다고 마음먹은 그 과정이 그에겐 우물 바닥에서 빠져나오는 길이었던 것!

나의 가치를
알아주는 사람

아침나절 남대문 거리에서 돌아왔는데, 그대가 우리 집에 헛걸음했다는 말을 들었소. 무척이나 섭섭했는데 종들은 입을 모아 내게 하소연했지.

"술에 잔뜩 취한 최 아무개가 다녀갔습니다. 책상 위의 책들을 마구 뽑아 아무렇게나 늘어놓고는 소리를 빽빽 질렀습니다. 술까지 토하고 난리를 치는 바람에 부축을 받고서야 겨우 나갔습니다."

하하, 혹시 길거리에 쓰러져 있는 것은 아닌지 모르겠소. ★남공철, 최북에게, 《금릉집》

남공철에 대해 좀 말해 볼까? 그는 좀 특이한 사람이다. 머리 좋고 집안 좋고 인물도 좋은, 이른바 경화세족(京華世族, 화려한 서울에서 대대로 번영을 누린 양반 가문을 부르는 말!) 중에서도 단연 돋보이는, 요즈음 말로 하면 강남에 사는 금수저 중의 금

◉ 누가 뭐라든 오직 '나'

수저다. 그런데 최 아무개 같은 별난 이를 친구로 두었다. 최 아무개는 최북이다. 스스로 한쪽 눈을 찔러 애꾸로 만들었다는, 그림값을 많이 쳐주면 그 사람이 그림을 잘 모른다며 비웃었고 그림값을 적게 쳐주면 뭐 이런 놈이 다 있느냐고 소리치곤 그림을 찢어 버렸다는, 가난한 주제에 돈이 생기는 족족 술 마시는 데 다 써 버렸다는 전설의 화가가 바로 최북이다.

　남공철이 뭐가 아쉬워 최북과 만났느냐고? 당사자도 아닌 내가 그의 마음을 정확히 짐작하기는 어렵지만 나는 그냥 이렇게 말하고 싶다.

부족한 친구야말로 충분한 친구이기 때문에 그랬다고.

언뜻 보기에 최북은 가난뱅이에 거지에 미친놈처럼 보인다. 그의 모든 결점을 상쇄할 수 있는 단어 하나가 있다. 그건 바로 그가 예술가였다는 것! 모든 예술가가 다 그런 건 아니지만 자신의 마음에서 끊임없이 터져 나오는 표현의 욕구를 일반적인 수단으로는 다 표현하지 못해 광기를 부리는 예술가가 이 세상엔 분명히 있다. 최북이 그런 유였을 것이다. 그의 일상은 한심했으나 그의 예술은 놀라웠다. 그는 부족하면서도 충분한 사람이었다. 남공철은 최북의 부족한 점이 아니라 충분한 점을 보았다. 그랬기에 그는 최북에게 너그러울 수 있었던 것이 아닐까?

남공철은 그런 사람이었다. 일생 내내 부족하면서도 충분한 사람들을 친구로 두고 살았다. 앞서 여러 차례 인용한 바 있는 이덕무와 박제가 또한 남공철이 아끼던 친구들이었다.

이덕무, 박제가와 함께 박남수의 기소원 정자에 모인 적이 있었다. 무척 더운 날이라 늙은 소나무 아래나 파초 그늘 밑에 앉았다. 어떤 이는 옷을 풀어 헤치고, 또 어떤 이는 배를 다 드러내고 누워서 술을 마셨다. 얼마 후 취해서 천하 문장의 높고 낮음, 일의 시비에 대해 한참 토론을 했다. 그러다 원통함과 억울함이 북받쳐 눈물을 줄줄 흘리기도 했으니 그 장한 마음이 꽤

즐길 만했다. ★남공철, 더운 날에 울다, 《금릉집》

다시 말하지만 남공철은 금수저 중의 금수저였다. 무늬만 금수저가 아닌 진짜 금수저! 이덕무와 박제가는 어땠나? 똑똑한 이들이었으나 서얼이었다. 양반들로부터 사람 취급도 못 받는 썩은 나무 같은 존재들! 그러나 남공철은 달랐다. 남공철은 그들에게서도 부족함 대신 충분한 부분만을 보았고 그들의 서러움에 자기 일처럼 공감하며 눈물까지 펑펑 쏟았다.

남공철은 역사에 위대한 족적을 남긴 사람은 아니었다. 그는 평생 부유하게 살았고, 영의정까지 지낼 정도로 정치적 성공을 거두었다. 정조 사후의 혼란도 그와는 거리가 멀었다. 평탄한 게 다 좋은 건 아니다. 오늘날 그의 이름을 기억하는 사람은 거의 없으니. 이덕무와 박제가가 누리는 명성과 대비가 된다. 사람의 운명은 이런 식으로 바뀌기도 한다는 사실! 그러나 내 생각에 그는 그냥 잊어도 되는 사람은 아니다. 부족한 이들을 거리낌 없이 친구로 두었다는 것, 부족함 대신 충분함을 보았다는 것, 그것만으로도 그의 이름은 기억할 만하다.

최 군은 마침 여러 선비들과 함께 있었다. 모인 이들은 하나같이 우아하고 수려했다, 단 한 사람만 빼고는. 그는 망가진 갓에 낡은 베옷을 입었다.

거칠고 초라한 모습이었다. 물어보니 그 사람이 바로 최 군이었다. ★정약

용, 사람을 알아보는 방법, 《여유당전서》

어느 여름날 사촌 동생이 정약용에게 시집 하나를 들고 왔
다. 강릉에 사는 최 군의 시집인데 읽고 품평을 좀 해 달라는
것이었다. 품평, 결코 달가운 부탁이 아니었다. 똑똑하고 글 잘
쓰는 정약용에게 그런 부탁은 하루도 빠지지 않고 들어왔으니
까. 그렇게 해서 살펴본 시집이 백 권을 넘었으나 쓸 만한 것은
거의 없었다. 그러다 보니 품평이라는 말만 들어도 진력이 났
던 터였던 것. 다른 사람도 아닌 사촌 동생의 부탁이라 할 수
없이 하품을 꾹 참고 시집을 읽었다. 그런데 읽다 보니 저절로
눈이 번쩍 떠졌다. 자기도 모르게 자세를 바로 하게 되었다. 그
시집은 보석이었거든! 정약용은 곧바로 최 군의 소재를 확인
한 후 말을 타고 그가 있는 곳으로 갔다. 인용한 글은 그다음에
일어난 장면이다. 정약용은 모인 이들 중에 가장 초라한 이를
최 군으로 짐작했고, 그의 짐작은 어긋나지 않았다.

도대체 정약용은 왜 겉보기에 멀쩡한 이들은 거들떠보지도
않고 복장부터 허름한 최 군에게만 주목했을까? 답은 오직 하
나, 정약용이 그의 시를 읽었기 때문이다. 그 시는 거드름 피우
고 꾸미기 좋아하는 이들이 쓸 수 있는 시가 아니었다. 외면의

◉ 누가 뭐라든 오직 '나'

초라함을 개의치 않고 내면의 아름다움을 가꾸어 가는 이만이 쓸 수 있는 시였던 것. 정약용이 놀랄 만한 시를 쓴 최 군도 대단하지만 그 최 군을 단번에 알아본 정약용의 안목은 칭찬하지 않을 수 없다. 부족하나 충분한 친구를 알아보는 최고수라 할 만하다. 부족함에 대한 정약용의 생각을 알아볼 수 있는 글 하나를 더 소개하고 싶다.

배우는 사람에겐 세 가지 큰 병이 있기 마련인데 너에게는 없다. 무엇이든 척척 빠르게 외우는 사람에겐 금방 소홀해지는 병이 있다. 남보다 글을 잘 짓는 사람에겐 경박하고 들뜨는 병이 있다. 이해가 빠른 사람에겐 깊이가 부족한 병이 있다. 둔하나 계속 노력하면 구멍이 넓어지기 마련이다. 막혔다가 뚫리면 그 흐름은 도도한 것이 더욱 볼만하게 된다. 답답하나 계속 갈고 닦으면 언젠가는 반짝반짝 빛나게 된다. ★황상, 다산 선생의 가르침, 《치원소고》

황상이 정약용을 처음 만난 건 열다섯 살 때의 일이었다. 정약용은 유배지인 강진에 서당을 열었다. 아이들이 몰려와 그에게 배웠다. 그런데 황상은 주저했다. 어렵게 찾아와서도 머리만 긁적였다. 왜 그랬나? 황상은 스스로를 둔하고, 앞뒤가 꽉 막혔고, 답답하다고 여겼다. 그래서 공부하기에 부족한 사람이라고 여겼다. 정약용은 황상에게 어떻게 했나? 정약용은 그 부족함이 오히려 충분함이 될 수 있다고 말했다. 결국 성공하는 사람은 재능을 타고난 자가 아니라 계속 노력하는 자라고 말하며 어린 소년 황상을 격려했다. 그 격려가 황상을 움직였다. 황상은 정약용의 말을 일생 동안 가슴에 품고 살았다. 정약용이 죽을 때까지 끊임없이 묻고 배우며 제자와 스승 이상의 우정을 보여 준 것도 재능을 타고났던 이들이 아닌 황상이었다.

온전히 살아가기도 참 힘든 세상이다. 그래도 버티고 사는 건 남공철이나 정약용 같은 사람들 때문이다. 내 부족함을 비난하지 않고 내 충분함을 칭찬하고 격려해 주는 사람들이 그래도 한둘은 있기 때문이다. 그 숫자는 비록 적어도 우리에겐 그들이 정말 큰 힘이 된다!

진짜
어른

선생님의 제자가 된 지 18년이 되었습니다. 얼굴을 직접 뵌 일은 드물었으나 선생님께서 편지를 보내 가르침을 주신 것은 여러 번이었지요. 선생님께서는 《소학》, 《시경》, 《예기》를 읽으라고 권해 주셨고, 이름과 명예보다는 실질에 힘쓰라고 가르치셨지요. 부지런히 이끌어 주셨으나 아직도 어리석기만 합니다. 그 은혜가 깊고 무거워서, 두려운 마음으로 몸가짐만 가다듬습니다. ★안정복, 성호 선생을 기리며, 《순암집》

안정복은 조선 후기를 대표하는 역사학자라 할 만한 사람이다. 그의 스승은 이익이었다. 이익이라는 이름은 들어 보았을 것이다. (물론 모른다고 해서 기죽을 일은 아니다.) 이 두 사람의 관계는 조금 특이하다. 두 사람은 스승과 제자였으나 얼굴을 맞대고 만난 적은 평생 단 한 번밖에 없었다. 안정복은 경기도 광주에 살았고, 이익은 안산에 살았다. 경기도 광주, 경기도 안산이라는 사실에서도 알 수 있듯 두 도시 사이의 거리는 아주 멀지는 않다. 조선 시대임을 감안하더라도 결코 못 찾아갈 거리는 아니었다. 그럼에도 두 사람은 만나지 않았다. 줄곧 편지만 주고받았을 뿐이다. 그렇다고 해서 두 사람의 관계가 별것 아니었다고 말할 수는 없다. 이익은 수시로 편지를 보내 가르침을 주었고(편지라고 하지만 사실은 강의라 부르는 게 더 적당해 보이는), 안정복은 스승의 강의록에 가까운 편지를 머리맡에 두고 되새기는 일을 게을리하지 않았다. 그래서 어떻게 되었나? 안정복은 자신의 대표작인《동사강목》을 이익의 도움을 받아 완성했고, 이익은 자신이 오랜 기간 써 왔던《성호사설》의 원고 정리를 안정복에게 맡겼다. 매일같이 얼굴을 맞댄 사제보다 더 결과가 훌륭하다!

숙종의 어릴 적 스승은 조복양이었다. 어느 날 숙종이 조복양에게 부탁을 했다. "참새를 가지고 노느라 공부한 부분을 다 외우지 못했습니다. 저의 과실을 눈감아 주시면 돌아가신 뒤 궁중의 귀한 판재로 관을 만들어 드리겠습니다." ★심노숭, 한 번만 눈감아 주시길,《자저실기》

현종은 자식 교육에 매우 엄격했던 것 같다. 아들인 숙종이 공부한 부분을 제대로 외우지 않았다는 보고가 올라오면 가차 없이 회초리를 들었다. 스승인 조복양에게 부탁까지 한 것을 보니 숙종으로서는 그 매질이 참으로 참기 어려웠던 모양이고. 장차 임금이 될 사람의 부탁이니 들어준다고 해서 손해가 될 것은 하나도 없다. 고개 한 번 끄덕이면 그만이다. 그러나 조복양의 태도는 단호했다. 조복양은 보고서에 '불합격'이라고 써서 올렸다. 그날 숙종의 종아리가 잔뜩 부풀어 올랐음은 더 말할 필요가 없다.

1년 360일 내내 밤마다 달이 뜬다면 뭐가 기이할까? 그렇다고 달이 아예 뜨지 않는다면? 세상엔 운치란 게 없겠지. 한 달 중 달 뜨는 밤은 열 며칠뿐이고, 이 중 보기 좋은 달이 뜨는 건 겨우 며칠뿐이다. 1년 360일 내내 밤마다 꽃이 있다면 뭐가 곱겠나? 그렇다고 아예 꽃이 없다면? 세상엔 느낌이란 게 없겠지. 1년 중 꽃이 있는 날은 수십 일분이고, 이 중 달과 어울리는 날은 겨우 며칠뿐이다. 이 며칠 중에서도 구름과 안개가 없어서 환하고 막힘없이 보일 수 있는 날은 하루나 이틀뿐이다. 이런 날 밤을 하루 혹은 이틀보다 많게 할 수도 없고, 아예 없게 할 수도 없다. 박옹은 내게 그런 분이다. ★홍길주, 달과 꽃, 《표롱을첨》

이 글을 쓴 홍길주와 박옹 이명오는 무려 서른여섯 살 차이가 난다. 이유가 있다. 이명오는 홍길주의 친구 이만용의 아버지였으니까. 홍길주는 뒤늦게 이명오를 만나 이야기를 나누고 깜짝 놀랐던 것 같다. 이런 훌륭한 분을 왜 이제 만났을까 하고 엄청 후회했던 것 같다. 그랬기에 그가 쓴 글은 보기 드물게 아름답다. 홍길주에 따르면 달과 꽃이 있으면서 구름과 안개가 없는 날은 1년에 한두 차례밖에 없다. 귀한 날이라는 뜻이다. 그런데 홍길주는 이명오가 바로 그런 사람이라고 말한다. 흔히 만날 수 없는 귀하고 귀한 사람!

이명오 같은 사람을 나도 만나고 싶다. 서얼이면서도 꼿꼿했던 사람, 뛰어난 시인이면서도 재주를 자랑하지 않았던 고고한 사람, 이런 사람, 이런 어른을 제발 좀 만나고 싶다.

내가 찾아왔다는 전갈을 들은 선생은 옷을 차려입고 나와 맞으며 마치 오랜 친구라도 본 듯이 손을 맞잡으셨다. 지으신 글을 전부 꺼내 읽어 보게 하시더니 직접 쌀을 씻어 밥을 하셨다. 밥이 다 되자 흰 주발에 담은 뒤 옥소반에 올려 가져오셨다. ★박제가, 환대, 《정유각집》

박제가가 처음으로 박지원을 찾아갔을 때의 풍경이다. 박지원은 어른다운 환대가 무엇인지를 우리에게 보여 준다. 박제가는 10대 후반이었고, 박지원은 30대 초반이었지만 나이 차

◉ 누가 뭐라든 오직 '나'

힘닿는 데까지 모든 짐승을 다 잡아먹을 생각을 하고 있다면 그건 바로 약육강식의 태도를 옹호하는 것이다. 그건 사람의 도가 아니라 짐승의 도다. ★이익, 동물을 먹는다는 것, 《성호사설》

육식의 대가인 우리들을 찔리게 만드는 글이다. 육식을 하지 말라고 말하는 것이냐고? 채식주의자가 되라는 것이냐고? 그렇지는 않다. 다만 한번 생각해 보자는 뜻이다. 생명이라는 게 도대체 뭔지, 도리가 도대체 뭔지에 대해. 그리고 겉보기엔 멀쩡해 보여도 실은 약육강식의 논리가 여전히 지배하고 있는 이 세계에 대해.

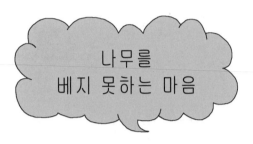

나무를
베지 못하는 마음

1810년 여름, 엄청난 파리 떼가 세상을 뒤덮었다. 파리 떼는 큰 집들을 점령했고, 주막과 떡집을 휩쓸었다. 몰려다니며 내는 소리가 천둥 같았다. 노인들은 괴이한 일이라고 한숨을 지었다. 젊은이들은 화를 내며 파리에게 전쟁을 선포했다. 곳곳에 파리통을 설치했으며 파리약을 놓아 뿌리째 뽑으려고 했다. 나는 이렇게 말했다.

"이 파리들을 죽이지 마시오. 굶어 죽은 사람들이 변하여 된 것이니. 돌이켜 보면 이들은 평생을 기구하게 살았던 생명들이오. 작년 내내 큰 기근을 겪었고, 겨울에는 큰 추위에 시달렸소. 전염병이 퍼졌고, 가혹한 착취까지 겹쳐 많은 이들이 죽었소. 시신이 길을 가득 채웠고, 시신을 싼 거적이 언덕을 점령했소. 수의도 못 입고 관에도 들어가지 못한 시신 주위에 따뜻한 바람이 솔솔 부니 어떻게 되었겠소? 살이 썩어 문드러졌소. 시신에서 물이 나오고 그 물이 고이고 엉기더니 변해서 구더기가 되었지. 강가의 모

함께 살아가는 세상

래알보다 만 배는 더 많은 구더기 떼는 날개가 돋자 파리로 변했소. 그러곤 인가로 날아들었지. 이 파리들은 우리들과 똑같은 존재요. 아, 너희들을 생각하면 눈물이 저절로 흐른다. 음식을 준비해서 너희들을 불러 모으고 있으니 부디 서로 연락해서 이 음식을 함께 먹기를 바란다." ★정약용, 파리에게 제사 지내다, 《여유당전서》

이번엔 파리다. 파리 떼를 위해 음식을 차린 후 와서 맛나게 먹으라고 권하는 글이다. 이 글을 이해하기 위해서는 1809년 즈음에 어떤 일이 있었는지 알아야 한다. 대기근이 있었다. 전염병도 찾아왔다. 한 가지만으로도 견딜 수 없었던 백성들에게 둘의 동시 도래는 죽으라는 소리나 마찬가지였다. 그래서 많은 이들이 죽었다. 하도 많은 이들이 죽어 시신을 제대로 매장하지도 못했다. 그랬기에 이듬해 여름에 파리 떼가 창궐하게 되었다는 것이 정약용의 진단이었다. 그러므로 그 파리 떼는 죽은 백성들의 피와 살이 변해서 된 것이나 마찬가지라는 것이 정약용의 생각이었다.

그러나 이렇게만 읽는 것은 정약용의 뜻을 곡해하는 것이다. 무슨 소리인가 하면 대기근과 전염병이 사람들을 몰살시킨 주된 이유는 아니라는 뜻이다. 그럼 무엇이 사람들을 죽였을까? 정약용의 글을 조금 더 읽어 보자.

파리야, 관리들의 객사로는 들어가지 마라. 깃대와 장대가 우뚝하고 길게 늘어서 있는 그곳에 들어가지 마라. 소고기와 돼지고기 잔뜩 든 국들이 깨나 먹음직하고, 메추리구이, 붕어찜, 오리탕, 기러기탕 등등도 한 상 가득 차려져 있는 그곳. … 호랑이 같은 문지기가 문 앞을 지키고 서서는 배고프다 호소하는 사람들을 냉정하게 물리친다. 객사에서는 고요히 음식을 즐긴다. 아전들은 주막에 앉아 보고를 올린다. "백성들은 편안합니다. 길에는 굶주린 이도 하나 없습니다. 태평한 세상입니다."

… 파리야, 죽었다고 끝은 아니란다. 재앙은 형제에게도 미친다. 6월이 되면 아전들은 세금 내라며 문을 두드린다. 그 소리가 사자 포효처럼 산천을 흔든다. 그들은 가마솥도 가져가고, 송아지와 돼지도 끌고 간다. 그러고는 관가에 데려가 곤장을 친다. 맞고 돌아오면 기진하여 병에 걸려 죽는다.

★정약용, 파리에게 제사 지내다, 《여유당전서》

그렇다. 대기근과 전염병이 손잡고 온다고 해서 반드시 많은 사람들이 죽는 것은 아니었다. 그 와중에도 관리들은 대부분 살아남았고, 그들에겐 백성들을 살릴 힘도 있었다. 그러나 그들은 그렇게 하지 않았다. 백성들의 목숨보다는 자신들의 재산 보전과 목구멍의 즐거움이 우선이었다. 그들은 자신들에게는 관대했고 백성들에게는 엄격했다. 그 결과 어떤 일이 벌어졌나? 줄줄이 죽어 나간 백성들은 땅에도 묻히지 못하다가

함께 살아가는 세상

결국 파리 떼가 되었다.

상진이 외아들을 잃고 통곡하다가 이렇게 말했다.

"내 여태껏 살면서 남을 해칠 마음을 품은 적도 없었다. 하나 후회되는 것은 평양 감사로 있을 때 했던 일이다. 파리 떼가 하도 많아 백성들에게 파리 잡는 일을 시킨 적이 있었다. 그 바람에 파리를 잡아서 파는 사람까지 생겨났다. 그래서 내가 앙갚음을 당한 걸까?" ★이익, 참새 새끼와 파리, 《성호사설》

나는 이 글을 읽으며 명재상으로 유명했던 상진이라는 이에 대해 다시 생각하게 되었다. 아들이 죽었다. 그것도 외아들이 죽었다. 상진이 무슨 험한 소리를 해도 사람들은 다 이해할 것이다. 외아들을 잃은 슬픔은 사람을 찢어발기는 법이니까. 얌전한 사람을 포악하게 만드는 법이니까. 그러나 뜻밖에도 상진은 자신의 죄를 고백했다. 사람을 죽인 것도 아닌, 파리 떼를 죽인 죄를 고백했다. 그것이 왜 죄가 되는가?

사람과 파리의 다름은 중요하지 않다. 둘 다 목숨을 지닌 존재라는 사실만이 중요하다. 목숨을 함부로 빼앗았기에 죄를 지었다는 것이다. 그랬기에 죗값을 치르게 되었다는 것이다. 여기까지 읽었으니 이제 다음과 같은 이야기가 만들어진 이유를 쉽게 짐작할 수 있을 것이다.

이 골짜기의 나무를 베지 마십시오. 전쟁으로 죽은 귀신들이 나무에 의지해 살고 있습니다. 나무를 베면, 우리들은 다른 나무로 옮겨 가야 합니다. 그러니 나무를 베지 마십시오. ★유몽인, 나무엔 귀신이 산다, 《어우야담》

이번엔 식물이다. 나무다. 이순신 장군이 배를 만들기 위해 나무를 베려 했다. 그 순간 어디선가 목소리가 들리더니 위와 같이 말을 했다는 것이다. 결국 이순신 장군은 차마 나무를 베지 못하고 다른 골짜기로 옮겨 갔다는 것이 이야기의 결론이다. 나는 이 이야기보다 더 나무라는 존재의 신령함을 드러내는 이야기를 알지 못한다. 나무 또한 생명이라는 사실을 이 이야기보다 잘 전달하는 이야기를 알지 못한다.

우리는 사람이 아닌 존재로 태어날 수도 있었다. 개나 돼지
일 수도 있었고, 닭이나 오리일 수도 있었고, 파리일 수도 있었
고, 나무일 수도 있었다. 우리는 너무도 쉽게 세상의 주인은 사
람이라고 생각한다. 그렇지 않다. 세상은 세상을 살아가는 모
든 존재들의 것이다. 부디 너는 이 점을 잊지 말았으면 한다.

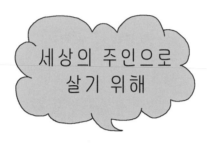

세상의 주인으로
살기 위해

어버이를 욕되게 하고 나라를 저버리는 것은 다 너의 행실에 달려 있다. 그러니 부지런하고 성실하게 살기 바란다. 문을 나서면 큰손님을 만난 듯이 행동하라. 백성을 부릴 때는 큰제사를 지내듯이 하라. 옛 성인들이 따뜻한 마음으로 세상을 돌보았던 것처럼. 일을 할 때마다 내 말을 떠올렸으면 좋겠다. 그러면 마음이 안정되고 생각이 신중해질 테니. ★이덕형, 백성을 대하는 법,《한음문고》

　오성 이항복과의 우정으로 유명한 한음 이덕형은 사실 유능하고 올곧은 관리이기도 했다. 그는 음직으로 수령 자리를 얻어 떠나는 아들에게 쓴 편지에서 수령에게 가장 중요한 것은 민심을 얻는 일이라고 썼다. 이덕형에 따르면 민심을 얻는 일은 결코 복잡하지 않다. 문을 나서서 만나는 이들을 큰손님 대

　　　　　🐝 함께 살아가는 세상

하듯 하고 백성을 부릴 때는 큰제사를 받들 듯이 하면 된다. 길에서 만나는 이들이 뭐 그리 중요한 사람들이겠는가? 그럼에도 그들을 중히 여기라는 것이다. 조선의 양반들은 지극 정성으로 제사를 모셨다. 백성을 부릴 때도 바로 그 마음으로 하라는 것이다. 이 두 가지만 명심하면 아무 문제가 없다고 이덕형은 말한다.

우리는 이 두 가지가 실은 매우 어려운 지침임을 잘 알고 있다. 대부분의 관리는 실은 정반대로 행동을 한다. 길에서 만나는 사람들에게는 눈을 부라리고, 백성을 큰제사 받들 듯이 하기는커녕 제사상에 올릴 맛난 음식 정도로 간주한다. 그들은 어버이를 욕되게 하고 나라를 저버리는 행동을 일상다반사로 한다!

국가에서 관리를 둔 것은 백성을 위해서이다. 그들의 직책은 백성의 부모가 되는 것이다. 그러나 그들의 행적을 살펴보면 백성의 원수다. ★이익, 재물을 늘린다는 것, 《성호사설》

이익의 말에 누가 토를 달 수 있을까? 이덕형의 말을 따르는 관리를 보기란 하늘의 별 따기인 반면, 이익의 말대로인 관리는 길바닥에 널린 돌과 같다. 얼마나 많은지 걷어 내고 또 걷어

내도 계속 발에 걸린다. 그러면 도대체 어떻게 해야 할까?

　　64명이 뜰에서 춤을 춘다. 그중 한 사람을 뽑아 깃대를 잡게 한다. 선두에 서서 춤추는 사람들을 지휘하게 한다. 그가 맡은 일을 잘 수행하면 사람들은 그를 존경하고 지도자라고 부른다. 그가 맡은 일을 잘 수행하지 못하면 사람들은 깃대를 빼앗고 원래 자리로 돌아가게 한다. 능력 있는 이를 새로 뽑아 그 사람을 지도자라고 부른다. 지도자를 뽑는 것도 사람들이고 끌어내려 교체하는 것도 사람들이다. 뽑는 것은 괜찮고 끌어내려 교체하는 것은 죄가 된다고? 그게 과연 이치에 맞는가?　★정약용, 지도자를 끌어내려라,《여유당전서》

　　조선 선비 중 이토록 과격한 발언을 서슴지 않고 한 이가 몇이나 되는지 모르겠다. 그러나 이치로 보자면 하나 이상하지도 않고 비논리적이지도 않다. 우리가 뽑은 지도자니 일을 잘하면 그냥 두고 못하면 바꾸면 된다. 그런데 우리는 뽑을 때는 별로 부담을 느끼지 않으면서 교체할 때는 왜 그리 큰 두려움을 느끼는 걸까? 답은 간단하다. 세상이 잘못되었기 때문이다. 백성을 부모로 여겨야 할 이들이 실상은 백성을 원수로 여기기 때문이다. 이익이 갈파했듯 '재물은 하늘에서 떨어지는 게 아니라 백성들의 피와 땀으로 만들어진다는 사실'을 외면

🏵 함께 살아가는 세상

하기 때문이다. 다시 말한다. 세상의 주인, 이 나라의 주인은
바로 너다.

모두가
통하는 세상

허목이 이질에 걸려 몹시 시달렸다. 온갖 약을 다 써도 효과가 없자 아들을 불러 말했다.

"김석주에게 가서 처방을 물어보고 와라."

"그 흉악한 사람이 좋은 약을 알려 주겠습니까?"

허목이 주장을 굽히지 않자 아들은 김석주를 찾아가서 부탁을 했다. 김석주가 약을 처방했다.

"비상을 소주에 타서 드시게 하오."

아들이 돌아와 허목에게 그 사실을 알렸다.

"비상은 독약입니다. 이럴 줄 알았기에 제가 반대했던 것입니다."

"약이나 지어 와라. 네가 뭘 안다고 끼어드느냐?"

허목의 재촉을 들은 아들은 김석주가 처방한 양의 절반만 지어 왔다. 복용하니 허목의 병이 다 나았다. 아들은 김석주를 다시 만나 그 사실을 밝혔

🌸 함께 살아가는 세상

다. 김석주가 혀를 찼다.

"처방에 맞춰 복용했다면 뒤탈이 없었을 텐데. 이제 재발하면 고칠 방법이 없소."

훗날 허목은 이질로 죽었다. ★심노숭, 적에게도 도리는 있다, 《자저실기》

허목은 남인의 영수였고 김석주는 노론의 핵심 인물이었다. 원수 사이였다는 뜻이다. 그랬기에 둘의 사이가 좋지 않다는 걸 모르는 이는 아무도 없었다. 그런데 허목은 병이 낫지 않자 뜻밖의 행동을 한다. 처방 잘 내리기로 유명한 김석주에게 처방전을 부탁한 것이다. 허목의 아들이 의심하는 바도 당연하다. 평소 김석주의 말과 행동을 감안하면 처방을 빌미로 무슨 짓을 할지 모르는 일이었다. 그러나 그건 기우였다.

허목의 아들이 모르는 게 있었다. 허목이나 김석주는 소인배가 아니었다. 공적으로는 적일지라도 사적으로는 그렇지 않았다. 그들은 서로를 인정하고 존중했다. 심노숭의 표현대로 '서로 죽일 입장에 서 있었지만 서로 깊이 인정하는 마음도 있었던' 것이다. 요즈음엔 찾아보기 힘든 미덕이다. 우리는 어떻게 하나? 미워하는 사람을 철저하게 미워한다. 그 사람이 허물어지도록 온갖 수단을 다 동원한다. '죄는 미워해도 사람은 미워하지 말라'는 말은 의미를 잃은 경구에 불과하다. 그러나 그 어떤 경우에도 사람이 먼저이다. 사람을 가장 중요하게 생각하지 않는 세상은 나쁜 세상이다. 사람을 가장 중요하게 여기지 않는 나라는 더 이상 나라가 아니다. 정약용은 이렇게 썼다.

옛 경전을 지키느라 화목한 분위기를 해칠 수는 없습니다. ★정약용, 경전보다 중요한 것, 《여유당전서》

경전은 왜 존재하는가? 사람들을 잘 살게 하기 위함이다. 사람을 해치는 경전은 경전이 아니다. 그런 경전은 버리는 게 낫다. 무엇보다 사람이 먼저이다. 마지막으로 한 가지 더! 우리는 만물과 함께 땅을 발판 삼아 사는 존재라는 사실을 결코 잊어서는 안 된다. 어쩌면 그것이야말로 사람을 진정으로 사랑하는 길일 테니.

땅이란 우주 가운데 살아 있는 존재다. 흙은 피부와 살이고, 물은 정기와 피며, 비와 이슬은 눈물과 땀이고, 바람과 불은 혼백과 혈기다. 그러므로 물과 흙은 안에서 빚고 햇빛은 바깥에서 비추는 것이며, 만물의 근본인 원기가 모여서 만물을 번성하게 하는 것이다. 풀과 나무는 땅의 머리카락이며, 사람과 짐승은 땅의 벼룩이나 이인 것이다. ★홍대용, 사람이 전부라고 생각하지 마, 《의산문답》

🌸 함께 살아가는 세상

그렇다. 우리는 대단한 그 무엇이 아니다. 그저 땅의 벼룩이나 이다. 우리가 우주와 땅의 주인이 아니라는 뜻이다. 물과 흙과 풀과 나무와 짐승을 함부로 대해서는 안 된다는 뜻이다. 그것들이 사라지면 우리도 사라지게 된다는 뜻이다.

관계를 말하는 데는 사실 다음의 한 문장이면 족할지도 모르겠다. 우리의 한계를 인정하는 겸허함에서 비로소 세상과의 올바른 관계가 시작된다고 말이다. 아, 그럼에도 나는 너무 많은 말을 해 버렸다. 나 또한 관계에 서툰 사람이기 때문이다. 세상에 도움을 주기는커녕 망치는 데 힘을 보탠 사람이기 때문이다.

너는 내 실패를 되풀이하지 않았으면 한다. 물과 흙과 풀과 나무와 짐승과 함께 사는 세상을 만들기 위해 힘을 보탰으면 한다. 그게 내가 하고픈 마지막 말이다.

1장 진짜 우정이 궁금해?

4장　가장 미련한 후회

◉ 출처

는 내게 던진 질문에 그렇다고 답할 자신이 없다. 그래서 '부끄러운 집'인 것이다. 우리는 세상을 위해 아무것도 하지 않았으면서도 세상의 혜택을 누리며 사는 존재다. 그래서 '부끄러운 집'인 것이다.

비난하려고 한 말은 아니라는 사실을 기억하기 바란다. 사실 부끄러움을 아는 것은 부끄러운 게 아니다. 문제는 부끄러움이 뭔지도 모르는 사람들이 존재한다는 것이다. 세상을 제멋대로 살아 나가는 것, 마음껏 먹어 대는 것, 자기보다 못한 존재를 마음껏 비웃는 것을 자기의 권리로 여기는 사람들이 존재한다는 것이다.

자기가 세상의 주인인 양 다른 존재들을 다 무시하고는 제 어깨에 잔뜩 힘을 주고 다닌다는 것이다. 그게 과연 옳은 일일까? 할 말은 많으나 그저 이렇게만 말하겠다. 그건 세상을 살아가는 올바른 도리가 아니다.
그 어깨의 힘은 언젠가 분명히 빠지게 될 것이다! 스스로 안
빼면 누군가 달려들어 빼고 말 것이다!

함께 살아가는 세상

같은 입장에서
공감하기

너는 한평생 수고스럽게 나를 받들어 주었다. 내가 너에게 정말로 많은 도움을 받았으니 어찌 잊을 수가 있겠는가? 네 자식이 아주 못된 놈이라 전에 내가 타이른 적이 있었다. 네 자식은 나쁜 품행을 고치지 못했다. 그래서 먹고살 길을 잃고 정처 없이 떠돌아다니는 신세가 되었다. 네가 죽고 무덤에 풀이 우거졌는데도 벌초해 주는 이 하나 없는 까닭이다. 살아서 고생한 것도 모자라 귀신이 된 후에도 항상 굶주리게 되었으니 이 어찌 슬픈 일이 아니겠느냐? ★이익, 노비에게 제사 지내며, 《성호사설》

이익은 노비 제도의 모순을 날카롭게 지적했던 사람이었다. 그는 조선 양반으로서는 드물게 노비의 인격에 관심을 가졌다. 노비 세습에 반대했고, 노비라도 능력이 있으면 관직을 주어야 한다고 주장하기도 했다. 말로만 그런 건 아니다. 이익은 자기를 위해 일하다 죽은 노비의 무덤이 돌보는 이도 없이 버려졌다는 사실을 알았다. 그래서 어떻게 했나? 무덤 앞에서 제사를 지냈다. 우거졌던 풀을 베어 주고 조촐한 음식을 갖춰 제사를 지냈다. 남들이 손가락질하리라는 것을 알았지만 개의치 않고 제사를 지냈다. 왜 그랬을까? 이유는 간단하다. 이익이 보기에 노비는 자신과 똑같은 사람이기 때문에.

주민들은 순박하다. 명예와 이익을 바라지 않으며 힘써 농사를 지을 뿐이다. 황연 또한 그러하다. 그의 아내는 술을 잘 빚었고 그는 술 마시기를 즐겼다. 술이 익으면 반드시 나를 청해 함께 마셨다. 손님을 맞으면 반드시 술을 냈고, 가까워질수록 더욱 공손하게 대했다. 김성길은 문자를 조금 알았고, 그의 아우 천은 이야기를 즐겼다. 둘 다 술을 잘 마셨으며 함께 살았다. … 김천부와 조송도 김성길이나 황연에 못지않게 술을 잘 마셨다. 이들은 날마다 나와 함께 놀러 다녔다. 토산물을 얻으면 술을 가지고 와서 한껏 즐기다가 돌아갔다. ★정도전, 소재동에서, 《삼봉집》

고려 말은 극심한 혼란기였다. 원나라는 망해 갔고 명나라는 떠올랐다. 오래된 관료들은 원나라에 미련을 못 버렸고, 젊은 관료들은 명나라를 모델로 삼았다. 수습 방안도 제각각이었다. 왕에게 힘을 실어 주자는 사람도 있었고, 아예 나라를 바꿔 버리자고 주장하는 사람도 있었다. 그 와중에 자기 이익만 챙기는 사람도 물론 있었고. 정도전은 다 바꿔 버리기를 원했다. 급진 개혁파가 흔히 그렇듯 정도전 또한 뜻을 이루지 못하고 나주의 소재동으로 귀양을 갔다. 그러나 정도전은 그곳에서 기대하지도 않았던 새로운 친구들을 만났다.

친구라 썼지만 사실 정도전과 어울릴 만한 이들은 아니었다. 그들은 농부이거나 나무꾼이거나 중이었으며, 하루하루 먹고살기도 바쁜 이들이었다. 그럼에도 그들은 교우의 진면목을 보여 주었다. 이방인 정도전을 오래전부터 같이 살았던 사람으로 대해 주었다. 그에게 술과 음식을 대접하고 함께 어울리며 이야기를 들어 주었다. 좌절했던 정도전은 그들을 통해 희망을 발견했다. 정도전은 그들에게 '부끄러우면서도 감동을 받았다.' 그 결과 자신의 역할은 가난하면서도 사람답게 사는 그들을 잘살게 하는 데 있다는 것을 다시 한번 확인하게 되었다. 결국 조선이라는 나라가 탄생하는 데 나주의 백성들은 자기들도 모르는 사이에 큰 역할을 담당했던 셈이다.

내 아버지가 돌아가셨을 때의 일이다. 유인 남 씨는 나이가 어렸음에도 곡을 했다. 그 후 노인만 보면 번번이 눈물을 흘리면서 말을 했다.

"나는 노인을 차마 못 보겠다." ★남공철, 유인 남 씨, 《금릉집》

유인 남 씨는 남공철의 조카다. 일반적으로 조카는 나보다 나이가 어리기 마련이다. 유인 남 씨의 경우는 사정이 조금 다르다. 유인 남 씨는 남공철의 형 남공보의 딸이었다. 그런데 남공보는 남공철보다 서른아홉 살이 많았으며 일찍 죽었다. 그랬기에 남공철보다 열다섯 살이나 위인 조카 유인 남 씨는 남공철의 부모를 아버지, 어머니 부르며 남공철과 남매처럼 함께 자랐던 것이다. 그런 사이였기에 남공철의 아버지 남유용이 죽었을 때 부모를 잃은 듯 서러워하며 곡을 했던 것이다.

나의 관심을 끄는 건 그다음의 일이다. 유인 남 씨는 길에서 노인을 만날 때마다 울면서 "나는 노인을 차마 못 보겠다"고 말했다는 것이다. 무슨 뜻인가? 길에서 만나는 노인들이 다 내 부모 같았다는 뜻이다. 다른 말로 하면 부모의 죽음을 통해 노인들의 어려움에 공감하게 되었다는 뜻이다. 나는 이 마음이 정말 중요하다고 생각한다. 공감 능력이 그 어느 때보다 떨어져 있는 비참한 시대를 우린 살고 있으니까.

이익과 정도전이 따뜻한 마음을 가졌다고는 하나 여전히 양반 입장에서 백성들을 바라보았던 데에 비해 유인 남 씨는 자신이 그들의 입장이 되어 아픔에 공감을 하고 있는 것이다. 좋은 세상을 만드는 데 필요한 마음은 사실 이것 하나면 충분한 게 아닐까? 높은 곳에서 안타깝게 바라보는 게 아니라 같은

🌸 함께 살아가는 세상

위치에 서서 공감하는 것! 이것에 비하면 이덕무의 글은 오히려 사족같이 여겨지기도 한다. 물론 좋은 글인 건 분명하지만 말이다.

세상의 평화란 별 게 아니다. 나보다 훌륭한 사람을 존경한다. 나와 비슷한 사람을 사귀어 아끼고 격려한다. 나보다 못한 사람을 불쌍히 여겨 가르침을 베푼다. 이렇게만 하면 세상은 참 평화로울 텐데! ★이덕무, 세상의 평화,《청장관전서》

약자들의 고통
이해하기

그의 어머니가 노여워한 나머지 동헌에 나를 고소하게 될 줄을 도대체 어떻게 알았겠습니까? 그 사람은 규방의 처녀가 행실을 잘못해서 일어난 일이니 기생이 되어야 마땅하다고 주장합니다. 하지만 정원에서만 살던 꽃이 길가의 버들이 될 줄을 누가 알았겠습니까? 스스로 돌아보니 부끄럽고 창피해서 슬프면서도 가슴이 아픕니다. 비록 애정을 억누르지 못하여 물길이 잘못 흐르고 말았으나 아침엔 구름이 되고 저녁엔 비가 된 것일 뿐, 여기저기 몸을 함부로 굴린 건 절대 아닙니다. 그런데 어찌하여 이 약한 몸을 영원히 물에 빠뜨리려 하시는 건가요? ★이옥, 필영의 하소연, 《담정총서》

이옥의 글로 전하지만 원래는 의령 여인 필영이 관가에 하소연하기 위해 쓴 글이다. 의령의 평범한 집 여인이 왜 이러한 글을 썼냐고? 사랑 때문이었다. 옆집에 이사 온 최 아무개 총

함께 살아가는 세상

각과 사랑에 빠졌기 때문이었다.

필영이 최 아무개를 짝사랑했느냐고? 최 아무개가 반응을 보이지 않아서 스토커 짓이라도 했느냐고? 아니다. 둘은 서로 사랑했다. 첫눈에 반한 둘은 영원히 함께하기로 약속을 했다. 문제는 최 아무개의 어머니였다. 둘의 사랑이 마음에 들지 않았던 최 아무개의 어머니는 관가에 필영을 고소했다. 자신의 아들을 유혹했다는 죄로 고소하고 그 처벌로 필영을 기녀로 만들 것을 요구했다.

둘이 사랑했는데 왜 필영만 죄를 뒤집어썼느냐고? 시대의 윤리가 그랬기 때문이다. 남자가 여자를 유혹하는 것은 일반적인 상황에선 아예 문제로 취급되지 않았거나 가벼운 일탈로 취급되었다. 반면 여자가 남자를 유혹하는 것은 죄였다. 미혼 여성이 미혼 남성을 사랑해도 죄가 되는 세상이 바로 조선이었다. 필영은 이후에 어떻게 되었을까? 기록이 남아 있지 않아 알 수 없다. 기생이 되었을 수도 있고 그렇지 않을 수도 있겠지. 어느 쪽이건 간에 필영이 평범한 여성으로 일생을 마쳤을 가능성은 거의 없다고 나는 생각한다.

옛사람이 가난한 선비의 아내를 약한 나라의 신하와 같다고 한 것은 참으로 훌륭한 비유이다. 그러나 내 생각엔 약한 나라 신하 쪽이 차라리 낫다. 어떤 사람이 다음과 같은 이야기를 들려주었다.

"죄를 많이 짓고 죽은 남자가 저승에서 윤회의 벌을 받게 되었다. 염라대왕의 판결이다. '죄가 큰 자이니 벌레나 짐승이 되는 것으로는 지은 죄의 만분의 일도 갚을 수 없다. 그러니 가난한 선비의 아내로 보내 버려라. 딸만 많이 낳는 선비의 아내로 만들어 버려라.'" ★유만주, 가난한 선비의 아내,《흠영》

유만주의 솔직한 글을 통해 우리는 선비 아내의 삶이 얼마나 힘든 것이었는지를 실감할 수 있다. 가난한 선비 아내면 더욱 힘들었을 것이고, 딸만 줄줄이 낳은 가난한 선비 아내면 더더욱 힘들었을 것이다. 이것이 바로 우리 역사가 '현모양처'라는 단어로 미화해 왔던 여인의 실상이다. 이어지는 유만주의 글은 가난하거나 딸만 줄줄이 낳은 선비 아내가 겪었을 고통을 생생하게 전한다.

인간 세상의 고통 중 이보다 심한 것은 없다. 죽고 싶어도 죽지 못하고, 살고 싶어도 살지 못한다. 괴롭고 힘든 일이 날마다 더해진다. ★유만주, 가난한 선비의 아내,《흠영》

궁중의 여인은 조금 달랐을까? 사극을 보면 궁중 여인의 힘이 꽤 컸던 것처럼 보이니까. 사극은 사극이고 현실은 현실이다. 현실은 전혀 그렇지 않았다.

김 씨 여인은 궁녀였다. 고운 얼굴에 검은 눈동자를 지녀 사람들이 앞다투어 미모를 칭찬했다. 맛 좋은 고기를 질리도록 먹었을 것이고, 아름다운 비단을 지겹도록 걸쳤을 것이다. 남편과 자식이 있지만 변변한 옷 한 벌 못 입어 보았고 끼니도 제대로 잇지 못하며 살아온 가난한 시골 여인들의 부러움을 받기에 충분한 삶을 살았을 것이다. 그런데 지금 김 씨 여인은 모든 것을 다 팽개치고 궁벽한 산골에서 외로이 살고 있다. 후회? 전혀 없다. 화려한 비단으로 몸을 감싸고 넓은 침상에서 잠드는 것은 김 씨 여인이 원하는 바가 아니다. 김 씨 여인이 원하는 것은 단 하나, 내세에는 부디 남자로 태어나 여자로서 겪었던 온갖 압제를 당하는 신세를 면하는 것뿐이다. ★김도수, 남자로 태어나게 해 주세요! 《춘주유고》

내세에는 부디 남자로 태어나게 해 달라는 유일하고 절실한 바람이 모든 것을 말해 준다. 조선이라는 나라에서 행복하게 살았던 여성을 찾기란 하늘의 별 따기나 마찬가지였다. 아니 그보다 더 어려웠다. 신분이 낮았건 높았건, 일반 여성이건 궁중의 여성이건 간에 사정은 동일했다. 남성 우월 사회에서 여인인 그들이 자기 뜻을 펼치고 살 수 있는 가능성은 거의 없었던 것! 그랬기에 나는 황진이의 행동을 높이 평가한다.

선전관 이사종은 노래로 유명했다. 공무로 송도를 지나다가 냇가에서 잠시 쉬었다. 편안한 자세로 노래 몇 곡을 불렀다. 마침 그곳에 있던 황진이가 그 노래를 들었다. 특이하면서도 뛰어난 게 아무래도 이사종인 것 같았다. 하인을 보내 물어보니 과연 이사종이었다. 둘은 함께 이야기를 나누었고, 나중에는 황진이의 집으로 옮겨 며칠을 머물렀다. 황진이가 이사종에

🌸 함께 살아가는 세상

게 제안했다.

"앞으로 6년 동안 함께 살았으면 합니다."

이사종이 동의하자 다음 날 황진이는 이사종의 집으로 갔다. 황진이는 모든 비용을 자신이 댔다. 그 돈으로 이사종의 부모를 섬기고 처자를 돌보았다. 자신은 허름한 옷을 입고 첩으로서의 임무를 다할 뿐이었다. 3년이 지나자 이번에는 이사종이 황진이의 집으로 갔다. 이사종은 황진이가 했던 것과 똑같이 했다. 3년이 지났다. 황진이는 약속한 기한이 다 되었다고 말하고는 이사종과 헤어졌다. ★유몽인, 황진이의 계약 결혼,《어우야담》

황진이의 기이한 행동은 조선의 고루한 양반들을 무척이나 놀라게 했던 게 틀림없다. 황진이에 대한 글이 많은 이유다. 그런데 조선 양반들은 황진이에 대해 이율배반적인 태도를 취했다. 황진이의 자유로운 행적을 기록하고는 마지막에 비판을 보탰다. 황진이와 교유를 나누었던 남자들을 부러워했으면서 황진이의 무덤에서 제사를 지낸 임제 같은 사람은 맹비난했다.

조선 시대는 이미 지나간 과거 아니냐고? 여인들이 모든 죄를 짊어지던 시대는 이제는 옛날이야기 아니냐고? 정말로 그럴까? 황진이에 대해서 다시 한번 이야기해 보자. 나는 이 시대를 사는 남자들이 황진이 같은 여자를 바라보는 시선은 조선의 고루한 양반들과 하나도 다르지 않다고 생각한다.

개를
기르지 않는 이유

아버지가 타던 말이 죽었을 때의 일이다. 아버지는 하인을 불러 죽은 말을 땅에 묻어 주라는 명령을 내렸다. 하인은 다른 하인들과 공모해 말고기를 나누어 가졌다. 아버지가 그 사실을 알게 되었다. 아버지는 다른 사람에게 말의 뒷수습을 부탁한 뒤 하인의 볼기를 치며 이렇게 말했다.

"사람과 짐승이 비록 차이가 있다고는 하나 죽은 말은 너와 함께 수고했던 말이다. 어찌 그런 못된 행동을 할 수 있느냐?"

아버지는 하인을 집에서 내쫓았다. 하인은 집 밖에서 몇 달간 싹싹 빌며 처분을 기다린 후에야 집으로 돌아올 수 있었다. ★박종채, 죽은 말, 《과정록》

박종채의 글에 등장하는 아버지 박지원의 모습이다. 자신을 위해 수고했던 말에 대한 진심 담긴 존중이 느껴진다. 박지원의 이야기에서 어쩌면 너는 철학자 니체를 떠올릴 수도 있겠

🌸 함께 살아가는 세상

다. 길을 걷다 마부에게 채찍질 당하는 말을 본 니체가 곧바로 달려가 말을 꺼안고 울었다는 유명한 이야기 말이다. 물론 니체가 왜 그런 행동을 했는지에 대해서는 수만 가지 해석이 존재한다. 우리로서는 다만 그런 일이 있었다는 사실만 기억하면 되겠지. 그중엔 분명 애정, 연민과 비슷한 감정도 있었을 것이고. 그럼 다시 박지원과 동물 이야기 쪽으로 돌아가 보자. 박지원의 마음이 일회성이 아니었음을 증명하는 또 다른 일화가 있다.

아버지는 개를 기르지 못하게 하셨다. 그 이유는 다음과 같았다.

"개는 주인을 따르는 동물이다. 하지만 다 크면 잡아먹지 않을 수 없게 된다. 그러니 아예 기르지 않는 게 좋다."

우리 집안에서는 아버지의 말씀을 따라 개를 기르지 않는다. ★박종채, 개를 기르지 않는 이유, 《과정록》

조선 시대에는 반려견의 개념이 없었다. 개를 기르는 것은 잡아먹기 위해서였다. 정약용의 어떤 글에는 박제가로부터 전수받은 개 요리법이 등장하기도 한다. 개를 먹는 것이 일반적인 일이었다는 증거이다. 박지원은 달랐다. 자신이 기른 개를 자신이 잡아먹는다는 것은 사람으로서 차마 못할 짓이라고 생각했다. 지금 우리에겐 새로울 것도 없는 생각이지만 그 시대엔 그렇지 않았다. 박지원을 다시 봐야 할 한 가지 이유이기도 하다.

> 병아리는 무리가 많기 때문에 먹을 게 부족하고, 털이 얇기 때문에 추위를 두려워한다. 병아리가 덜덜 떠는 건 먹을 것이 부족해서이기도 하다. 싸라기를 자주 먹여 병아리를 굶주리지 않게 하는 게 좋다. 그러면 병아리들은 자기들끼리 날개로 덮어 주고 안아 주어 추위를 면한다. … 사람들은 병아리에게 밥을 주면 똥에 막혀 죽는다고들 말한다. 실제로 그렇기는 하다. 밥을 주면 매끄러운 똥이 꽁무니 밑 솜털에 뭉치고, 그러다 보면 똥구멍이 막혀 병아리가 죽는다. 해결 방법이 있다. 밥을 주되 부지런히 보살피면 된다. 똥구멍이 막히면 솜털을 잘라 주면 된다. 그러면 똥이 바로 나오니 병아리는 잘 자란다. ★이익, 병아리, 《성호사설》

대학자 이익은 동물 애호가이기도 했다. 입으로만 사랑한다 말하는 사람은 아니었다. 이익은 병아리를 직접 기르며 관찰하는 일에 많은 시간을 쏟았다. 병아리를 잘 키우기 위한 자신만의 방법을 찾기 위함이었다. 이익은 벌을 기르기도 했으며 자신의 집으로 들어온 도둑고양이를 보살피기도 했다. 그 결과 이익은 다음과 같은 결론에 이르렀다.

함께 살아가는 세상

1장

진짜 우정이
궁금해?